Os Sofrimentos do Jovem Werther

Goethe

TEXTO INTEGRAL

3ª Edição

Tradução :
Pietro Nassetti

COLEÇÃO A OBRA-PRIMA DE CADA AUTOR

Os Sofrimentos do Jovem Werther

Goethe

TEXTO INTEGRAL

MARTIN CLARET

CRÉDITOS

Título original: *Die Leiden des Jungen Werthers*.

IDEALIZAÇÃO E COORDENAÇÃO
Martin Claret

CAPA
Ilustração
Cláudio Gianfardoni

MIOLO
Revisão
Rosana Gilioli
Saulo Krieger

Tradução
Pietro Nassetti

Projeto Gráfico
José Duarte T. de Castro

Direção de Arte
José Duarte T. de Castro

Editoração Eletrônica
Editora Martin Claret

Papel
Off-Set,70g/m²

Impressão e Acabamento
Paulus Gráfica

Editora Martin Claret Ltda. – Rua Alegrete, 62 – Bairro Sumaré
CEP: 01254-010 – São Paulo – SP
Tel.: (11) 3672-8144 – Fax: (11) 3673-7146

www.martinclaret.com.br / editorial@martinclaret.com.br

Agradecemos a todos os nossos amigos e colaboradores — pessoas físicas e jurídicas — que deram as condições para que fosse possível a publicação deste livro.

2ª- REIMPRESSÃO - 2012

PALAVRAS DO EDITOR

A história do livro e a coleção "A Obra-Prima de Cada Autor"

MARTIN CLARET

Que é o livro? Para fins estatísticos, na década de 1960, a UNESCO considerou o livro "uma publicação impressa, não periódica, que consta de no mínimo 56 páginas, sem contar as capas".

O livro é um produto industrial.

Mas também é mais do que um simples produto. O primeiro conceito que deveríamos reter é o de que o livro como objeto é o veículo, o suporte de uma informação. O livro é uma das mais revolucionárias invenções do homem.

A *Enciclopédia Abril* (1972), publicada pelo editor e empresário Victor Civita, no verbete "livro" traz concisas e importantes informações sobre a história do livro. A seguir, transcrevemos alguns tópicos desse estudo didático.

O livro na Antiguidade

Antes mesmo que o homem pensasse em utilizar determinados materiais para escrever (como, por exemplo, fibras vegetais e tecidos), as bibliotecas da Antiguidade estavam repletas de textos gravados em tabuinhas de barro cozido. Eram os primeiros "livros", depois progressivamente modificados até chegarem a ser feitos — em grandes tiragens — em papel impresso mecanicamente, proporcionando facilidade de leitura e transporte. Com eles, tornou-se possível, em todas as épocas, transmitir fatos, acontecimentos históricos, descobertas, tratados, códigos ou apenas entretenimento.

Como sua fabricação, a função do livro sofreu enormes modificações dentro das mais diversas sociedades, a ponto de constituir uma mercadoria especial, com técnica, intenção e utilização determinadas. No moderno movimento editorial das chamadas sociedades de consumo, o livro pode ser considerado uma mercadoria cultural, com maior ou menor significado no contexto socioeconômico em que é publicado. Enquanto mercadoria, pode ser comprado, vendido ou trocado. Isso não ocorre, porém, com sua função intrínseca, insubstituível: pode-se dizer que o livro é essencialmente um instrumento cultural de difusão de ideias, transmissão de conceitos, documentação (inclusive fotográfica e iconográfica), entretenimento ou ainda de condensação e acumulação do conhecimento. A palavra escrita venceu o tempo, e o livro conquistou o espaço. Teoricamente, toda a humanidade pode ser atingida por textos que difundem ideias que vão de Sócrates e Horácio a Sartre e McLuhan, de Adolf Hitler a Karl Marx.

Espelho da sociedade

A história do livro confunde-se, em muitos aspectos, com a história da humanidade. Sempre que escolhem frases e temas, e transmitem ideias e conceitos, os escritores estão elegendo o que consideram significativo no momento histórico e cultural que vivem. E, assim, fornecem dados para a análise de sua sociedade. O conteúdo de um livro — aceito, discutido ou refutado socialmente — integra a estrutura intelectual dos grupos sociais.

Nos primeiros tempos, o escritor geralmente vivia em contato direto com seu público, que era formado por uns poucos letrados, já cientes das opiniões, ideias, imaginação e teses do autor, pela própria convivência que tinham com ele. Muitas vezes, mesmo antes de ser redigido o texto, as ideias nele contidas já haviam sido intensamente discutidas pelo escritor e parte de seus leitores. Nessa época, como em várias outras, não se pensava na enorme porcentagem de analfabetos. Até o século XV, o livro servia exclusivamente a uma pequena minoria de sábios e estudiosos que constituíam os círculos intelectuais (confinados aos mosteiros durante o começo da Idade Média) e que tinham acesso às bibliotecas, cheias de manuscritos ricamente ilustrados.

Com o reflorescimento comercial europeu, nos fins do século XIV, burgueses e comerciantes passaram a integrar o mercado livreiro da época. A erudição laicizou-se e o número de escritores aumentou, surgindo também as primeiras obras escritas em línguas que não o latim e o grego (reservadas aos textos clássicos e aos assuntos considerados dignos de atenção). Nos séculos XVI e XVII, surgiram diversas literaturas nacionais, demonstrando, além do florescimento intelectual da época, que a população letrada dos países europeus estava mais capacitada a adquirir obras escritas.

Cultura e comércio

Com o desenvolvimento do sistema de impressão de Gutenberg, a Europa conseguiu dinamizar a fabricação de livros, imprimindo, em cinquenta anos, cerca de 20 milhões de exemplares para uma população de quase 10 milhões de habitantes, cuja maioria era analfabeta. Para a época, isso significou enorme revolução, demonstrando que a imprensa só se tornou uma realidade diante da necessidade social de ler mais.

Impressos em papel, feitos em cadernos costurados e posteriormente encapados, os livros tornaram-se empreendimento cultural e comercial: os editores passaram logo a se preocupar com melhor apresentação e redução de preços. Tudo isso levou à comercialização do livro. E os livreiros baseavam-se no gosto do público para imprimir, principalmente obras religiosas, novelas, coleções de anedotas, manuais técnicos e receitas.

Mas a porcentagem de leitores não cresceu na mesma proporção que a expansão demográfica mundial. Somente com as modificações socioculturais e econômicas do século XIX — quando o livro começou a ser utilizado também como meio de divulgação dessas modificações e o conhecimento passou a significar uma conquista para o homem, que, segundo se acreditava, poderia ascender socialmente se lesse — houve um relativo aumento no número de leitores, sobretudo na França e na Inglaterra, onde alguns editores passaram a produzir obras completas de autores famosos, a preços baixos. O livro era então interpretado como símbolo de liberdade, conseguida por conquistas culturais. Entretanto, na maioria dos países, não houve nenhuma grande modificação nos índices porcentuais até o fim da Primeira Guerra Mundial (1914/18), quando surgiram as primeiras grandes tiragens de um só livro, principalmente romances, novelas e textos didáticos. O número elevado de cópias, além de baratear o preço da unidade, difundiu ainda mais a literatura. Mesmo assim, a maior parte da população de muitos países continuou distanciada, em parte porque o livro, em si, tinha sido durante muitos séculos considerado objeto raro, atingível somente por um pequeno número de eruditos. A grande massa da população mostrou maior receptividade aos jornais, periódicos e folhetins, mais dinâmicos e atualizados, e acessíveis ao poder aquisitivo da grande maioria. Mas isso não chegou a ameaçar o livro como símbolo cultural de difusão de ideias, como fariam, mais tarde, o rádio, o cinema e a televisão.

O advento das técnicas eletrônicas, o aperfeiçoamento dos métodos fotográficos e a pesquisa de materiais praticamente imperecíveis fazem alguns teóricos da comunicação de massa pensarem em um futuro sem os livros tradicionais (com seu formato quadrado ou retangular, composto de folhas de papel, unidas umas às outras por um dos lados). Seu conteúdo e suas mensagens (racionais ou emocionais) seriam transmitidos por outros meios, como por exemplo microfilmes e fitas gravadas.

A televisão transformaria o mundo todo em uma grande "aldeia" (como afirmou Marshall McLuhan), no momento em que todas as sociedades decretassem sua prioridade em relação aos textos escritos. Mas a palavra escrita dificilmente deixaria de ser considerada uma das mais importantes heranças culturais, entre todos os povos.

Através de toda a sua evolução, o livro sempre pôde ser visto como objeto cultural (manuseável, com forma entendida e interpretada em função de valores plásticos) e símbolo cultural (dotado de conteúdo, entendido e interpretado em função de valores semânticos). As duas maneiras podem fundir-se no pensamento coletivo, como um conjunto orgânico (onde texto e arte se completam, por exemplo, em um livro de arte) ou apenas como um conjunto textual (onde a mensagem escrita vem em primeiro lugar — em um livro de matemática, por exemplo).

A mensagem (racional, prática ou emocional) de um livro é sempre intelectual e pode ser revivida a cada momento. O conteúdo, estático em si, dinamiza-se em função da assimilação das palavras pelo leitor, que pode discuti-las, reafirmá-las, negá-las ou transformá-las. Por isso, o livro pode ser considerado instrumento cultural capaz de liberar informação, sons, imagens, sentimentos e ideias através do tempo e do espaço. A quantidade e a qualidade de ideias colocadas em um texto podem ser aceitas por uma sociedade, ou por ela negadas, quando entram em choque com conceitos ou normas culturalmente admitidos.

Nas sociedades modernas, em que a classe média tende a considerar o livro como sinal de *status* e cultura (erudição), os compradores utilizam-no como símbolo mesmo, desvirtuando suas funções ao transformá-lo em livro-objeto. Mas o livro é, antes de tudo, funcional — seu conteúdo é que lhe dá valor (os livros de ciências, filosofia, religião, artes, história e geografia, que representam cerca de 75% dos títulos publicados anualmente em todo o mundo).

O mundo lê mais

No século XX, o consumo e a produção de livros aumentaram progressivamente. Lançado logo após a Segunda Guerra Mundial (1939/45), quando uma das características principais da edição de um livro eram as capas entreteladas ou cartonadas, o livro de bolso constituiu um grande êxito comercial. As obras — sobretudo *best sellers* publicados algum tempo antes em edições de luxo — passaram a ser impressas em rotativas, como as revistas, e distribuídas nas bancas de jornal. Como as tiragens elevadas permitiam preços muito baixos, essas edições de bolso popularizaram-se e ganharam importância em todo o mundo.

Até 1950, existiam somente livros de bolso destinados a pessoas de baixo poder aquisitivo; a partir de 1955, desenvolveu-se a categoria do livro de bolso "de luxo". As características principais destes últimos eram a abundância de coleções — em 1964 havia mais de duzentas, nos Estados Unidos — e a variedade de títulos, endereçados a um público intelectualmente mais refinado. A essa diversificação das categorias adiciona-se a dos pontos de venda, que passaram a abranger, além das bancas de jornal, farmácias, lojas, livrarias, etc. Assim, nos Estados Unidos, o número de títulos publicados em edições de bolso chegou a 35 mil em 1969, representando quase 35% do total dos títulos editados.

Proposta da coleção "A Obra-Prima de Cada Autor"

"Coleção" é uma palavra há muito tempo dicionarizada e define o conjunto ou reunião de objetos da mesma natureza ou que têm alguma relação entre si. Em um sentido editorial, significa o conjunto não limitado de obras de autores diversos, publicado por uma mesma editora, sob um título geral indicativo de assunto ou área, para atendimento de segmentos definidos do mercado.

A coleção "A Obra-Prima de Cada Autor" corresponde plenamente à definição acima mencionada. Nosso principal objetivo é oferecer, em formato de bolso, a obra mais importante de cada autor, satisfazendo o leitor que procura qualidade.*

Desde os tempos mais remotos existiram coleções de livros. Em Nínive, em Pérgamo e na Anatólia existiam coleções de obras literárias de grande importância cultural. Mas nenhuma delas superou a célebre biblioteca de Alexandria, incendiada em 48 a.C. pelas legiões de Júlio César, quando estas arrasaram a cidade.

A coleção "A Obra-Prima de Cada Autor" é uma série de livros a ser composta por mais de 400 volumes, em formato de bolso, com preço altamente competitivo, e pode ser encontrada em centenas de pontos de venda. O critério de seleção dos títulos foi o já estabelecido pela tradição e pela crítica especializada. Em sua maioria, são obras de ficção e filosofia, embora possa haver textos sobre religião, poesia, política, psicologia e obras de autoajuda. Inauguram a coleção quatro textos clássicos: *Dom Casmurro*, de Machado de Assis; *O Príncipe*, de Maquiavel; *Mensagem*, de Fernando Pessoa; e *O lobo do mar*, de Jack London.

Nossa proposta é fazer uma coleção quantitativamente aberta. A periodicidade é mensal. Editorialmente, sentimo-nos orgulhosos de poder oferecer a coleção "A Obra-Prima de Cada Autor" aos leitores brasileiros. Nós acreditamos na função do livro.

---

* Atendendo a sugestões de leitores, livreiros e professores, a partir de certo número da coleção, começamos a publicar mais de uma obra de alguns autores.

Juntei tudo o que foi possível recolher acerca do pobre Werther, e aqui lhes apresento, seguro de que por isso vocês irão me agradecer. Também sei que não poderão recusar sua admiração e amizade ao espírito e caráter desse jovem, e nem deixarão de verter lágrimas por seu destino.

E você, bom homem, que sente as mesmas angústias do desafortunado Werther, que você possa encontar consolação em seus pensamentos; e que faça deste livro um amigo, se não puder encontrar, por força do destino ou por própria culpa, alguém mais próximo.

PRIMEIRA PARTE

4 de maio

Como estou contente por haver partido! Ah!, querido amigo, que é o coração humano? Apartar-me de você, que tanto estimo, você, de quem eu era inseparável, e estar contente! Mas sei que me há de perdoar. As minhas demais relações não parecem ter sido expressamente criadas pelo destino para atormentar um coração como o meu? Pobre Leonor! E, não obstante, eu não sou culpado. Cabe-me alguma culpa se, procurando distrair-me com as suas faceirices, a paixão brotou no coração da sua irmã? E todavia serei eu inteiramente inocente? Não fui eu mesmo que lhe alimentei os sentimentos? Eu mesmo não me divertia com o seu modo cândido e sincero de expressá-los, que tantas vezes nos fez rir, quando na verdade não havia motivos para riso? Não... O que é o homem, para que se atreva a lamentar-se a respeito de si mesmo? Meu amigo, prometo corrigir-me. Nunca mais, como era meu costume, ficarei a remoer os pequenos aborrecimentos que a sorte nos reserva. Quero gozar o presente e considerar o passado como passado. Você está certo, os homens sofreriam menos se não se concentrassem tanto (e só Deus sabe por que eles são assim!) na lembrança dos seu males, em vez de esforçar-se por tornar o presente suportável.

Diga à minha mãe que me ocupo das coisas de que ela me incumbiu em breve lhe darei notícias. Avistei-me com minha tia; não a achei tão má quanto dizem lá em casa. É uma mulher vivaz, arrebatada, mas dona de um excelente coração. Expus-lhe os prejuízos causados à minha mãe em razão de ela ficar com parte da herança; minha tia falou-me sobre os seus direitos, e das condições de acordo com as quais está pronta a nos entregar tudo o que reclamamos. Por hora, é tudo que posso dizer; diga à minha mãe que tudo ficará bem. Esse pequeno caso, meu amigo, demonstrou-me, mais uma vez, que os mal-entendidos e a indolência causam, talvez, mais discórdias no mundo do que a duplicidade e a maldade. Pelo menos, essas duas últimas são mais raras.

No mais, encontro-me aqui perfeitamente bem. A solidão neste verdadeiro paraíso é um bálsamo para o meu coração sempre fremente, que encontra sossego no doce calor da primavera. Cada árvore, cada arbusto forma um ramo de flores, e temos vontade de nos transformar em abelha para pairar neste mar de perfumes e deles sugar o alimento.

A cidade, em si, não é muito agradável, mas os arredores oferecem belezas naturais indescritíveis. Foi o que levou o falecido Conde de M. a construir seu jardim sobre uma daquelas colinas que se entrecruzam de modo variado e encantador, formando encostas e vales deliciosos. O jardim é bem simples; logo à entrada sente-se que não foi um hábil jardineiro quem lhe projetou, mas um coração sensível, desejoso de concentrar-se em si mesmo naquele recanto. Mais de uma vez consagrei lágrimas à memória do conde, no pequeno pavilhão em ruínas, seu retiro favorito e meu também. Em breve serei o dono do jardim. O jardineiro, nestes poucos dias que estou aqui, já se fez meu amigo e não há de perder nada com isso.

10 de maio

Reina em minha alma uma serenidade maravilhosa, semelhante à das doces manhãs de primavera que procuro fruir com todas as minhas forças. Estou só e abandono-me à alegria de viver nesta região criada para as almas como a minha. Estou tão feliz, meu amigo, e de tal modo mergulhado no tranqüilo sentimento da minha existência, que a minha arte sofre com isso. Neste momento, não seria capaz de desenhar a coisa mais simples; e no entanto, nunca fui tão bom pintor como agora. Quando em torno de mim se exalam todos esses aromas deste vale encantador, o sol alto procura devassar a impenetrável penumbra da minha floresta, e apenas alguns dos seus raios conseguem insinuar-se no interior deste santuário; quando, à beira da cascata, ocultas sob os arbustos, descubro rente ao chão mil espécies de plantinhas diferentes; quando sinto bem próximo do meu coração o formigar de um pequeno mundo escondido sob as ervas, essa multidão inumerável de pequeninos vermes e insetos cuja variedade desafia o observador, e sinto a presença do Todo-Poderoso que nos criou à sua imagem e semelhança, e o sopro do Seu infinito amor que nos sustenta e faz flutuar em um mundo de glória eterna; então, meu amigo, é quando o meu olhar escurece, e o mundo em redor e o céu infinito repousam em minha alma como a imagem da mulher amada. Então, freqüentemente suspiro e digo a mim mesmo: Ah, se você pudesse exprimir tudo isso! Se pudesse passar para o papel tudo o que palpita de você com tanto calor e plenitude, de modo que essa obra se tornasse o espelho de sua alma, como sua alma é o espelho de Deus!... meu amigo!... Mas esse arrebatamento me faz desfalecer e sucumbo sob a força dessas visões magníficas.

12 de maio

Não sei se espíritos mágicos perambulam por estas paragens, ou se é meu ardente coração que produz esta ilusão celestial fazendo de tudo o que me rodeia um paraíso. Nos arredores da cidade existe uma fonte que, como Melusina e suas irmãs, exerce sobre mim uma espécie de encantamento. Descendo uma pequena colina, encontramos uma gruta; embaixo, ao fim de vinte degraus, a água brota, cristalina, de um bloco de mármore. O pequeno muro que a envolve um pouco mais acima, as grandes árvores que lhe sombreiam os arredores, o frescor do local, tudo isso fascina e ao mesmo tempo causa um frêmito misterioso. Não há dia em que eu não passe ali pelo menos uma hora. Vejo as moças que saem da vila para buscar água, a mais inocente e a mais necessária das tarefas, outrora praticada até pelas filhas dos reis. Quando fico sentado ali, é como se ao meu redor revivessem os costumes patriarcais — aqueles tempos em que os nossos ancestrais se conheciam e noivavam junto dos poços, e os espíritos benfazejos pairavam em torno das fontes e poços. Somente é insensível a essas impressões o que nunca se deleitou bebendo a água fresca de uma fonte, após uma penosa caminhada sob um sol de verão.

13 de maio

Você me pergunta se deve me enviar meus livros... Pelo amor de Deus, caro amigo, mantenha-os bem longe de mim! Não quero mais que meu coração seja guiado, encorajado e estimulado por eles — por si só ele já se inflama o bastante. Necessitava de um canto que me embalasse, e encontrei-o em meu Homero, em toda a sua plenitude. Quantas vezes não tenho de aplacar o meu sangue a ferver, pois nada há de mais inquieto e volúvel que o meu coração! Mas preciso dizer a você, meu caro? A você, que tantas vezes sofreu ao me ver passar da doce melancolia à desenfreada paixão? É por isso que trato o meu coração como uma criancinha doente, permitindo-lhe todas as vontades. Mas não diga isso a ninguém: muita gente considera-o um crime...

15 de maio

A boa gente do lugar já me conhece e estima, principalmente as crianças. A princípio, quando me aproximava e interrogava amigavelmente a respeito disso ou daquilo, alguns, achando que eu queria fazer troça deles, repeliam-me bruscamente. Não me aborreci com isso, porém senti com mais vivacidade o que já havia observado outras vezes: as pessoas de condição elevada mantêm sempre uma fria reserva para com as pessoas comuns só pelo temor de diminuir-se com essa aproximação. Além disso, há os imprudentes que só fingem condescendência para melhor ferir, com sua arrogância, o pobre povo.

Bem sei que não somos nem podemos ser todos iguais; mas considero que aquele que julga necessário, para se fazer respeitar, distanciar-se do que chamamos *povo* é tão digno de lástima como o covarde que se esconde do inimigo, com medo de ser vencido.

Há alguns dias fui à fonte e lá encontrei uma jovem criada que havia depositado o seu pote no último degrau, aguardando uma companheira que a ajudasse a pô-lo à cabeça. Desci, olhei para ela e perguntei-lhe: "Quer que a ajude, menina?" Ela ruborizou-se: "Oh! não, meu senhor!" Respondi-lhe: "Vamos, não faça cerimônia!" Ela ajeitou a rodilha na cabeça e ajudei-a. Ela agradeceu e logo foi embora.

17 de maio

Tenho conhecido muita gente, porém ainda não encontrei companhia. Não sei o que em mim atrai as pessoas: muitas delas prendem-se a mim e se afeiçoam. Contudo, aborreço-me por não poder dar a todos maiores atenções. Se você me perguntar como são as pessoas daqui, serei forçado a responder: "Como em toda parte". Como a espécie humana é uniforme! A maioria trabalha durante quase todo o tempo para poder viver, e o pouco tempo livre que lhe resta pesa-lhe de tal modo, que procura todos os meios possíveis para dele se libertar. Oh, o destino do homem!

Não obstante, são excelentes pessoas. Às vezes chego a esquecer-me de mim mesmo para participar com elas dos prazeres ainda concedidos aos homens: uma alegre reunião em torno da mesa bem servida, onde reina a cordialidade mais franca; passeio de carro, um baile de última hora, e coisas do gênero. Sinto-me muito bem nesse meio, mas evito pensar que há outras faculdades em mim que irão enfraquecer pela inação, cujos efeitos eu preciso ocultar com todo o cuidado. Ah! Como isso me oprime o coração! E no entanto, não ser compreendido é o destino de certos homens.

Ah! Por que a amiga da minha juventude está morta? Por que fui conhecê-la? Poderia dizer a mim mesmo: "Você é um tolo em busca daquilo que não se encontra neste mundo". Mas eu a tive; senti o coração, a alma sublime, junto dos quais eu acreditava superar-me, tornando-me tudo aquilo que serei capaz de ser. Meu bom Deus, mantinha-se inativa, então, uma só das faculdades da minha alma? Perante ela, não podia eu desdobrar inteiramente esta maravilhosa sensibilidade graças à qual meu coração envolve toda a natureza? O nosso convívio era uma troca constante dos mais delicados sentimentos e do mais agudo espírito. Com ela, mesmo a descortesia estava marcada com o carinho do gênio. E agora? Pois, mais velha do que eu apenas alguns anos, foi a primeira a baixar ao túmulo. Jamais esquecerei sua firmeza de alma e divina resignação.

Encontrei há alguns dias o jovem V.; é um moço que tem um jeito franco, com uma fisionomia bastante jovial. Recentemente saído da universidade, não se julga um sábio, todavia acredita saber mais do que os outros. Percebe-se que de fato se dedicou bastante, e adquiriu muito conhecimento. Quando soube que desenho e conheço grego (duas coisas tidas aqui como fenomenais), procurou ligar-se a mim, desdobrando uma grande erudição, de Batteux a Wood, de Piles a Winckelmann. Assegurou-me ter lido toda a primeira parte da teoria de Sulzer e possuir um manuscrito de Heine sobre a Antiguidade. Deixei-o falar.

Também travei relações com um excelente cidadão, cordial e franco: é o bailio do príncipe. Dizem que é um prazer vê-lo entre seus nove filhos. Com mais entusiasmo ainda, falam de sua filha mais velha. Ele convidou-me para ir a sua casa, e far-lhe-ei uma visita assim que puder. Moram num pavilhão de caça pertencente ao príncipe, distante daqui légua e meia. Para lá se transferiu o bailio depois da morte da esposa, por lhe ser muito penoso permanecer na cidade e na própria casa onde ela expirou.

Afora essas pessoas, tenho conhecido algumas criaturas esquisitas, nas quais tudo me é insuportável, especialmente suas demonstrações de amizade.

Adeus. Esta carta deverá agradar a você, pois tudo nela é bastante histórico.

22 de maio

A vida humana não passa de um sonho. A muita gente ocorreu essa impressão que também me acompanha por toda parte. Quando vejo os limites que aprisionam as faculdades de ação e pesquisa do homem, e como toda atividade visa apenas a satisfazer nossas necessidades, que por sua vez não têm outro objetivo senão prolongar nossa mísera existência; quando verifico que toda a tranqüilidade em relação a certos pontos não passa de uma resignação sonhadora, como um prisioneiro que enfeitasse de figuras multicoloridas e luminosas perspectivas as paredes da sua prisão... tudo isso, Wilhelm, me faz emudecer. Concentro-me e encontro um mundo em mim mesmo! Mas, também aí, é um mundo mais de pressentimentos e desejos obscuros do que de imagens nítidas e forças vivas. Tudo flutua vagamente em meus sentidos, e assim, sorrindo e sonhando, prossigo na minha viagem pelo mundo.

As crianças não sabem a razão daquilo que desejam — nisto todos os pedagogos estão de acordo. Mas também os adultos, tal qual as crianças, caminham vacilantes e ao acaso sobre a terra, sem saber de onde vêm nem para onde vão! Agem sem objetivos determinados e deixam-se governar, como as crianças, por meio de biscoitos, bolos e vara de marmelo. Ninguém acredita que seja assim, mas na minha opinião, não há verdade mais palpável.

Concordo (porque já sei o que você vai dizer a esse respeito) que os mais felizes são exatamente aqueles que vivem sem pensar no futuro, como as crianças, passeando, despindo e vestindo suas bonecas; aqueles que rondam respeitosamente em torno da gaveta onde a mãe guardou os doces e, quando conseguem agarrar, enfim, as cobiçadas guloseimas, devoram-nas avidamente e gritam: "Quero mais!", eis as criaturas felizes! Felizes também as pessoas que dão nomes pomposos às suas fúteis ocupações, e até mesmo à suas obsessões, fazendo-as passar por proezas colossais destinadas à salvação e prosperidade da humanidade. Tanto melhor para os que podem ser assim!... Mas aquele que humildemente reconhece o resultado de todas as coisas, vendo, de um lado, como o pequeno-burguês sabe cuidar do seu pequeno jardim e dele faz um paraíso, e, de outro, como o miserável, levando ofegante o seu fardo, segue o seu caminho sem se revoltar, aspirando ambos, igualmente, a ver por um momento mais a luz do sol... Sim, esse é tranqüilo, forma o seu universo a partir de si mesmo, e é feliz por ser um homem. Assim, por mais limitado que seja, guarda sempre no coração o doce sentimento de que ele é livre e poderá sair da sua prisão quando quiser.

26 de maio

Você sabe há muito tempo que quando encontro um lugar que me agrada, dele faço minha humilde morada, e acomodo-me numa vida modesta. Também aqui encontrei um recanto que me seduziu e prendeu.

A mais ou menos uma légua da cidade há uma aldeia chamada *Wahlheim**, agradavelmente situada numa colina; subindo-se pelo atalho, de lá se descortina todo o vale. Uma bondosa mulher, solícita e ainda ágil para a sua idade, tem lá uma pequena taverna onde vende cerveja, vinho e café. Dominando tudo, há duas tílias cujos galhos cobrem inteiramente a pequena praça diante da igreja, rodeada pelas habitações dos camponeses, granjas e quintas. Poucas vezes encontrei um lugar onde me sentisse tão bem. Mandei que da taverna me transportassem para o local uma mesinha e uma cadeira, e ali tomo meu café e leio o meu Homero.

A primeira vez que, numa bela tarde, o acaso me levou para

* Que o leitor se poupe o trabalho de procurar os lugares citados neste livro, pois foi necessário substituir os verdadeiros nomes que se encontravam no original.

baixo das tílias, a praça estava deserta. Estavam todos no campo, salvo um menino de uns quatro anos. Sentado no chão, sustentava sobre as pernas, de maneira a servir-lhe de cadeira, um bebê de seis meses. Embora permanecendo imóvel, o garoto passeava os olhos em torno, com extrema vivacidade. Causou-me prazer observar aquela cena; então sentei-me em um arado que estava ali, e passei, com delícia, a desenhar aquela pose fraternal, acrescentando a cerca mais próxima, a porta do celeiro, algumas rodas quebradas, tal qual ali se encontravam. Ao cabo de uma hora, percebi que tinha feito um desenho muito interessante, sem acrescentar-lhe coisa alguma da minha imaginação. Isto fortaleceu o meu propósito de, daqui para frente, manter-me unicamente ligado à natureza. Só ela é infinitamente rica e só ela é capaz de formar os grandes artistas. Muito se pode dizer a favor das regras de arte, bem como a favor das leis da sociedade. Quem se pauta segundo essas regras não produzirá nunca uma obra absurda nem completamente ruim; do mesmo modo, um homem educado segundo as leis e o decoro jamais poderá ser um vizinho intolerável nem um insigne malfeitor. Apesar disso, diga-se o que se disser, toda regra destrói o verdadeiro sentimento e a verdadeira expressão da natureza. Você dirá: "Isso é injusto! A regra só indica os limites, poda as ramagens muito luxuriantes, etc.". Meu bom amigo, quer uma comparação? Todas essas coisas são como o amor. Um jovem dá seu coração a uma mulher, passa junto dela todas as horas do dia, consome todo o seu vigor e tudo quanto tem para lhe testemunhar que se consagra a ela inteiramente. Aparece um pedante, um homem de bom senso, e diz ao moço: "Meu caro senhor, amar é próprio do homem, mas é preciso amar como pessoa razoável. Divida bem o seu tempo, dedicando uma parte ao trabalho, e a outra, as horas vagas apenas, à mulher amada. Calcule as suas posses, e só gaste o que sobrar. Não lhe vou censurar que dê a ela um presente, mas não em demasia. No dia do aniversário, por exemplo, etc." Se o nosso jovem seguir esses conselhos, tornar-se-á um sujeito útil, e eu mesmo faria empenho junto a um príncipe para que lhe confiasse um emprego público. Mas então, adeus amor, e se é artista, adeus talento.

Meus amigos, por que é que tão raras vezes se vê a torrente do gênio agitar-se em grandes ondas, avançar rugindo e perturbar as almas maravilhadas? É porque, caros amigos, os homens sensatos habitam nas duas margens do rio, temendo a devastação das suas casinhas, do canteiro das tulipas, das hortas, sabem evitar a tempo, por meio de diques e sangradouros, o perigo que os ameaça.

27 de maio

Percebo que me deixei levar pelo arrebatamento, pelas metáforas, pelas declamações, esquecendo-me de contar o fim da minha aventura com as crianças. Estive umas duas horas sentado no arado, absorvido por uma emoção de artista que a carta de ontem só de maneira muito incompleta pôde transmitir. Quase ao anoitecer, apareceu uma mulher ainda jovem, com uma cesta no braço, e encaminhou-se às crianças, que até então não haviam sequer se mexido, gritando de longe: "Phillips, você é um bom menino!". Ela cumprimentou-me, eu respondi e me aproximei, perguntando se ela era a mãe das crianças. A mulher respondeu que sim; e, depois de dar ao Phillips a metade de um pãozinho, pegou o mais jovem, beijando-o com todo o amor maternal. "Deixei o pequeno com Phillips", disse-me ela, "para ir à cidade comprar pão branco, açúcar e uma panela de barro". De fato, vi tudo isso dentro da cesta, cuja tampa havia caído. "Agora, farei para o meu Hans (este era o nome do pequenino) uma boa sopa esta noite. Imagine o senhor que o mais velho quebrou ontem a panela de barro, quando brigava com Phillips por causa do resto da papa." Perguntei-lhe onde estava o mais velho; mal havia respondido que ele corria pelo campo, atrás de uns gansos, quando ele apareceu aos pulos, trazendo para o bebê uma varinha de aveleira. Continuei a conversar com a mulher e fiquei sabendo que era filha do mestre-escola e que seu marido fora à Suíça receber a herança de um primo. "Queriam enganá-lo", disse-me ela; "não lhe respondiam às cartas e, em vista disso, ele resolveu ir até lá. Queira Deus que não aconteça nenhuma desgraça, pois até o momento, ainda não recebi nenhuma notícia." Despedi-me, pesaroso; dei um *Kreutzer* a cada criança, e outro à mãe, para que ela, quando fosse à cidade, comprasse um pãozinho para a sopa do mais novo.

Confesso-lhe, amigo, que quando o meu ser é como que invadido por uma espécie de febre e não ouve mais a voz da razão, todo esse tumulto é amainado diante de uma criatura como aquela, que, tranqüila e feliz, percorre o círculo acanhado de sua existência, terminando a sua tarefa, todos os dias, vendo cair as folhas, sem pensar noutra coisa senão no inverno que se aproxima.

Desde então, vou sempre lá. As crianças já se habituaram comigo:

dou-lhes açúcar, quando tomo o meu café, e à tarde divido com elas meu pão com manteiga e a coalhada. Aos domingos, sempre recebem o seu *Kreutzer*; e se não apareço por lá depois da missa, a taverneira tem ordens minhas para fazer a distribuição.

As crianças confiam em mim, contando-me mil coisas. Quando as outras crianças da aldeia juntam-se em torno de nós. Diverte-me imensamente lhes observar as pequenas paixões e a candura de seus ciúmes. Custei muito a convencer a mãe de que as crianças não incomodavam em absoluto o "senhor".

30 de maio

O que eu dizia recentemente a você sobre a pintura aplica-se também à poesia: trata-se apenas de reconhecer o que é belo e ousar exprimi-lo, e isso significa dizer muito em poucas palavras. Presenciei hoje uma cena que, descrita fielmente, faria o mais formoso idílio do mundo. Mas a troco de quê, isso de poesia, de cena de idílio? Para dar interesse a qualquer manifestação da natureza será preciso formalizar tudo?

Se por causa desse preâmbulo você espera algo sublime, engana-se redondamente: foi um jovem camponês, simplesmente, que me provocou tão fortes emocões. Como de costume, enunciei mal meu pensamento e você irá acusar-me de exagero. Outra vez Wahlheim, sempre Wahlheim — só este lugar produz essas maravilhas.

Algumas pessoas haviam se reunido sob as tílias para tomar café. Como não simpatizava com elas, arranjei uma desculpa e fiquei isolado em um canto.

Então, um camponês que saiu de uma casa próxima pôs-se a ajustar o arado onde eu havia me sentado para desenhar, dias antes. Como sua fisionomia me parecesse simpática, aproximei-me e fiz-lhe algumas perguntas sobre as suas condições de vida. Logo conversamos com familiaridade, coisa que sempre faço com as pessoas daquela classe. Contou-me ele que trabalha para uma viúva que o trata bondosamente. De tal modo falou-me dela, tecendo-lhe tamanhos elogios, que percebi logo haver de sua parte um devotamento de corpo e alma. "Ela já não é jovem", disse-me, "e, tendo sido muito infeliz com o marido, não quer mais casar-se". Sentia-se claramente, por meio dessas palavras, quanto ele a achava bela e sedutora, e desejava que ela o escolhesse para apagar a lembrança dos maus tratos sofridos com o primeiro marido. Seria preciso repetir palavra por palavra para dar a você uma idéia da pureza desse afeto, do amor e fidelidade desse homem. Seria preciso que eu tivesse os dons de um grande poeta para traduzir, de modo eloqüente, a expressão dos seus gestos, o som harmonioso da sua voz, o fogo interior que brilhava nos seus olhos. Não! Nenhuma palavra pode exprimir a ternura que transparecia em seus gestos e no seu rosto, e por mais que eu me esforçasse em fazê-lo, resultaria sempre tosco e pesado. Comoveu-me, sobretudo, o seu temor de que eu suspeitasse da conduta irrepreensível dessa mulher em relação a ele. Como era encantador ouvi-lo falar do seu rosto, de toda a sua pessoa, a qual, embora sem os encantos da mocidade, o atraía e prendia com um fascínio irresistível! Nunca em minha vida vi tão ardente paixão e tão alvoroçado desejo aliados a tanta pureza. Posso garantir-lhe que nem em sonhos eu imaginaria tanta pureza. Não ralhe comigo se eu lhe disser que só ao lembrar-me de um sentimento tão sincero e cheio de inocência, sinto-me comovido até o fundo de minha alma. A imagem dessa paixão acompanha-me por toda parte e, também eu, inflamado pela mesma chama, fico ansioso e triste.

Farei tudo para ver essa mulher o mais brevemente possível, mas, pensando bem, vou evitá-la. É melhor vê-la através dos olhos do apaixonado, pois aos meus talvez ela se afigure muito diferente. Por que estragar uma imagem assim tão bela?

16 de junho

Por que não lhe tenho escrito? Justamente você, que é um sábio, me pergunta isso? Devia ter adivinhado que estou muito bem e que... resumindo, conheci alguém que tocou o meu coração. Eu... eu não sei mais o que dizer.

Não é fácil contar-lhe na ordem como as coisas aconteceram, que me fizeram conhecer a mais adorável das criaturas. Sinto-me contente, feliz; serei, por conseguinte, um mau cronista.

É um anjo!... Ora, já sei que todos dizem isso de sua amada, não é verdade? Todavia, é-me impossível dizer a você o quanto ela é perfeita, e também o porquê de ser tão perfeita. Só isto basta: ela tomou conta de todo o meu ser.

Tanta naturalidade com tão alto senso de justiça! Tanta bondade com tamanha firmeza! Uma alma tão serena e tão cheia de vida e energia!

Tudo o que estou dizendo não passa de pobre palavreado que não expressa sequer um traço de seu caráter. Da próxima vez... não; da próxima, não; vou contar agora mesmo tudo o que aconteceu. Se não contar agora, não contarei nunca mais. Porque, aqui entre nós, desde que eu comecei a escrever esta carta, por três vezes estive prestes a largar a pena, mandar selar o cavalo e ir vê-la. No entanto, eu havia jurado a mim mesmo não ir lá hoje, mas a cada momento vejo-me à janela olhando a que altura ainda está o sol...

Não pude resistir, fui à casa dela e eis-me de volta, Wilhelm. Devoro o meu pão com manteiga e escrevo ao mesmo tempo... Que maravilha para a minha alma tê-la visto em meio das brincadeiras das crianças, os seus oito irmãozinhos!

Se eu continuar a escrever desse modo, você acabará por não entender nada. Pois bem, tentarei narrar com todos os pormenores.

Recentemente lhe escrevi ter conhecido o bailio S., que me convidou para visitá-lo em seu retiro, ou melhor, em seu pequeno reino. Acabei esquecendo desse convite, e talvez não tivesse ido jamais, se o acaso não me tivesse revelado o tesouro que se esconde naquela solidão.

Os jovens daqui organizaram um baile no campo. Aceitei o convite que me foi feito, oferecendo-me como cavalheiro a uma jovem da cidade, boa e bonita, mas insignificante quanto ao mais. Ficou combinado que eu deveria pegar um carro para levar à festa a minha dama e uma sua prima, e, no caminho, apanhar Charlotte S.

— O senhor vai conhecer uma linda pessoa — disse a minha companheira, quando seguíamos, através do bosque imenso e bem cuidado, para o pavilhão de caça.

E a prima acrescentou:

— Não vá se apaixonar.

— Por quê? — perguntei.

— Porque ela já está comprometida com um belo rapaz. Ele está de viagem, a fim de regularizar os seus negócios, pois acaba de perder o pai. E também para arranjar um bom emprego.

Todo esse assunto era-me completamente indiferente.

O sol já se punha por trás da montanha, quando chegamos ao portão do pátio. Estava bastante abafado, e as damas mostraram-se receosas, pois as nuvens cinzentas que se iam amontoando no horizonte pareciam anunciar tempestade. Acalmei-lhes a inquietação, tomando um ar de entendido em meteorologia; porém, eu mesmo começava a pressentir que a nossa festa seria estragada.

Desci do carro, quando apareceu uma criada para pedir-nos que esperássemos um pouco, que a Srta. Lotte chegaria logo. Atravessei o pátio que conduz a uma bela casa e, ao pisar a soleira, deparei com um dos quadros mais encantadores jamais vistos em minha vida. No vestíbulo, seis crianças, de dois a quinze anos, se alvoroçavam em torno de uma jovem bem proporcionada, de estatura média, trajando um singelo vestido branco adornado de laços cor-de-rosa nas mangas e no corpete. Ela cortava um pão preto em fatias circulares, entregando-as com amabilidade a cada criança, de acordo com a sua idade e apetite. Depois de haver estendido por muito tempo a mãozinha para receber o seu bocado, e, uma vez satisfeita, cada criança gritava "muito obrigado!" e em seguida se retirava com a sua fatia, algumas pulando, outras sossegadamente, todas se dirigindo para a porta para ver os recém-chegados e o carro que conduziria sua irmã Lotte.

— Perdoe-me — disse ela — pelo trabalho de vir até aqui e fazer esperar as damas. Por causa da minha toalete e diversas ordens a dar na casa, antes de sair, ia me esquecendo da merenda das crianças, pois elas não aceitam que ninguém a não ser eu lhes corte o pão.

Fiz-lhe um cumprimento qualquer, mas minha alma estava inteiramente presa ao encanto do seu rosto, da sua voz, da sua conduta. Tive apenas tempo de recuperar-me da surpresa, enquanto ela corria para buscar as luvas e o leque. As crianças conservavam certa distância, olhando-me de soslaio; dirigi-me ao caçula, uma criança de fisionomia muito alegre. Ele recuou, e nesse momento Lotte apareceu e disse ao menino: "Louis, dê a mão ao nosso primo!" O pequeno obedeceu candidamente, e eu não pude me conter, dando um beijo muito terno, embora ele tivesse o narizinho sujo.

— Primo? — disse eu a Lotte, estendendo-lhe a mão — Considera-me digno de pertencer à sua família?

— Oh! — respondeu ela, com um sorriso maroto — Nós temos muitos parentes, e seria para mim um grande desgosto ter de admitir que o senhor é o pior deles.

Antes de retirar-se, Lotte encarregou Sophie, a irmã mais velha depois dela, uma menina de cerca de onze anos, de cuidar das crianças e dar boa noite ao pai, de sua parte, quando ele voltasse do passeio a cavalo. Recomendou às crianças que obedecessem a

Sophie como a ela própria. Todos prometeram prontamente, menos uma lourinha, de uns seis anos, que disse com um ar compenetrado: "Mas ela não é você, Lotte; nós gostamos mais de você".

Os meninos mais velhos subiram no carro e eu tive de interceder por eles, obtendo de Lotte consentimento para que nos acompanhassem até perto da floresta, com a condição de se comportar direito.

Mal nos instalamos, e as damas ainda não haviam acabado de trocar cumprimentos e impressões sobre as roupas, especialmente sobre os chapéus, bem como passar em revista todas as pessoas convidadas, quando Lotte pediu ao cocheiro que parasse e mandou descer os irmãos. Eles ainda uma vez lhe beijaram a mão; o mais velho o fez com toda a ternura de que se é capaz aos quinze anos; o segundo, com os modos estouvados de um garoto. Ela pediu-lhes, ainda uma vez, todo o cuidado para com os pequeninos, e continuamos o caminho.

A prima perguntou se Lotte já havia terminado a leitura do livro que lhe enviara recentemente. "Não", respondeu ela; "esse livro não me agradou e irei devolvê-lo. O anterior também não me agradou." Perguntei-lhe que livros eram esses, e a resposta encheu-me de espanto...* Achei de bom senso tudo quanto ela disse, vendo em cada palavra novos encantos, novas emanações de sua inteligência, que pareciam se encher de contentamento por sentir que eu a compreendia.

— Quando eu era mais jovem — disse ela —, nada me fascinava tanto como os romances. Só Deus sabe o quanto eu me sentia feliz, aos domingos, recolhendo-me a um cantinho para compartilhar, de todo o coração, da felicidade ou das desventuras da Srta. Jenny. Não nego que esse gênero de leitura ainda tenha algum encanto para mim; como agora, porém, são tão raras as vezes em que posso abrir um livro, tornei-me mais exigente na escolha. O autor que eu prefiro é aquele em que reconheço o mundo e os incidentes comuns no meu círculo de relações, tornando a história tão interessante e terna quanto a minha vida doméstica, que, embora não seja um paraíso, é para mim fonte de felicidade inexprimível.

Esforcei-me para ocultar a emoção que essas palavras me

---

* Fomos obrigados a suprimir esse trecho da carta, para não dar a ninguém motivo de aborrecimento, ainda que, no fundo, nenhum autor daria muita importância à opinião de uma simples mocinha e de um rapaz irrequieto.

produziram. Quando ela se referiu, de passagem, ao *Vigário de Wakefield*, de...* com tanta verdade, não me contive e disse-lhe tudo o que pensava a respeito. Só ao cabo de algum tempo, ao dirigir-se Lotte novamente às outras duas damas, percebi que ambas, arregalando muito os olhos, tinham estado até ali inteiramente alheias à nossa conversa. A prima olhou-me por mais de uma vez com um ar zombeteiro, mas não dei importância.

A conversa recaiu sobre o prazer da dança.

— Se essa paixão é um crime — disse Lotte — não posso ocultá-lo; para mim, não há nada melhor do que a dança. Se alguma coisa perturba a minha cabeça, é só sentar-me ao meu cravo desafinado e martelar uma contradança, e tudo volta ao normal!

Enquanto ela falava, deleitei-me em fitar os seus olhos negros. Como toda a minha alma era atraída pelos seus lábios cheios de vida, suas faces frescas e animadas! E eu, perdido no sentido de suas frases e na admiração que elas me causavam, nem conseguia ouvir as palavras de que ela se servia! Você, que me conhece, pode imaginar tudo isso. Em suma, desci do carro como que dentro de um sonho, ao chegar ao local do baile. Estava de tal modo perdido em devaneios sob o crepúsculo que nos envolvia, que mal percebi a música cujo som chegava até nós, vindo do salão iluminado.

Os dois senhores, Audran e um tal N. N. (como conseguir lembrar todos esses nomes?), os pares de Lotte e da prima, vieram receber-nos no portão, tomaram as damas pelo braço, e eu também conduzi a minha.

Dançamos vários minuetos. Convidei algumas damas, uma após outra, e justamente as menos agradáveis eram as que não faziam nenhum sinal de querer parar. Lotte e seu par começaram uma "inglesa"; você pode calcular o meu júbilo quando chegou a minha vez de dançar com ela. É preciso vê-la dançar com todo o coração e com toda a alma! Há nela uma tal harmonia, que é como se não pensasse em mais nada, como se a dança só existisse para ela, e ela só para a dança, e a seus olhos nada mais existisse.

Convidei-a para a segunda contradança, e ela me concedeu a

---

* Novamente suprimimos o nome de vários de nossos escritores. Se alguns daqueles a quem são endereçados os elogios de Lotte chegarem a ler essa passagem, acharão seu nome no próprio coração. Quanto aos demais, nada têm a ver com isso.

terceira. Com a mais delicada franqueza, declarou-me que preferia dançar a "alemã" a qualquer outra.

— Aqui é costume — continuou — os pares comprometidos por todo o baile não se separarem na alemã; meu par valsa tão mal que, com certeza, há de agradecer-me que lhe poupe esse sacrifício. Sua dama também não dança melhor a valsa, ao passo que o senhor dança muito bem, conforme verifiquei durante a "inglesa". Se quiser ser meu par durante a "alemã", peça licença ao meu cavalheiro, enquanto peço à sua dama.

Concordei imediatamente, combinando que durante a nossa valsa o par de Lotte ficaria conversando com a minha dama e divertimo-nos durante algum tempo fazendo várias evoluções. Que graça e que agilidade em seus movimentos! Quando começou a valsa, giramos como as esferas celestiais umas em volta das outras, tendo havido certa confusão, porque não haviam muitos bons valsadores. Prudentemente deixamos que eles se cansassem e, quando os mais desajeitados abandonaram a praça, nós a ocupamos até o fim, acompanhados de um único par: Audran e sua dama. Nunca me senti tão leve. Ter nos braços a mais encantadora das criaturas, voar com ela com a rapidez de um temporal, vendo tudo se desvanecer ao redor... Para ser sincero, Wilhelm, jurei a mim mesmo que, se amasse uma jovem e tivesse qualquer direito sobre ela, preferia fazer-me matar a consentir que ela valsasse com outro. Você compreende?

Demos algumas voltas pelo salão para tomar ar; em seguida, ela sentou-se, e as laranjas que reservei (as únicas restantes), ela as saboreou com grande prazer. Mas cada vez que ela oferecia, por educação, um gomo a qualquer amiga, eu sentia uma punhalada no coração!

Na terceira" inglesa", fomos o segundo par. Estávamos dançando, seguindo a fila — e eu, sabe Deus com que encantamento, preso em seus braços e em seus olhos, nos quais brilhavam o mais puro e sincero prazer — quando passamos em frente de uma senhora que, embora sem o frescor da juventude, impressionou-me pela fisionomia amável. Ao passar por nós, sorriu para Lotte e, ameaçando-a com o dedo, pronunciou duas vezes, em um tom significativo, o nome de Albert.

— Se não é indiscrição, quem é esse Albert? — perguntei à Lotte.

Ela ia responder-me, mas parou porque devíamos separar-nos a fim de fazer a *grand chaine*, e quando novamente nos cruzamos, notei em seu rosto uma expressão pensativa.

— Não há o que lhe esconder — disse-me ela, oferecendo-me a mão para fazer a *promenade*. Albert, um moço honrado, é meu noivo.

Isso não era novidade para mim, pois, durante o trajeto, as outras moças me haviam contado; contudo, tal revelação abalou-me como se fosse algo totalmente inesperado, já que eu ainda não o havia associado a ela, que em tão curto espaço de tempo se me tornou tão importante. Então fiquei perturbado, errei os passos da dança, atrapalhei os outros pares, confundi tudo e foi preciso que Lotte, usando de toda a sua presença de espírito, me fizesse entrar na ordem, que assim foi prontamente restabelecida.

Antes que a dança terminasse, os relâmpagos que há muito víamos iluminar o horizonte (os quais eu supunha se dever ao calor) tornaram-se mais freqüentes, e o estrondo dos trovões abafou a música. Três damas abandonaram os seus lugares, seguidas pelos cavalheiros, a desordem generalizou-se e a música parou. É natural que toda a calamidade, todas as aflições que nos surpreendam em meio ao divertimento, provocassem em nós uma impressão mais forte do que em qualquer outro momento, não só porque sentimos mais vivamente o contraste, mas porque os nossos sentidos, já despertados à emoção, ficam muito mais suscetíveis. Foi a isso que atribuí a estranha expressão que as fisionomias das damas assumiram. A mais razoável sentou-se a um canto, de costas para a janela, e tapou os ouvidos. Outra ajoelhou-se diante daquela, escondendo a cabeça nos joelhos. Uma terceira, metendo-se entre as duas, abraçou uma irmãzinha e pô-se a chorar. Algumas queriam de qualquer jeito voltar para casa; outras, mais assustadas ainda, caíram num estado de tamanha inércia, que nem sequer conseguiam refrear os atrevimentos de alguns rapazes audaciosos, que pareciam empenhados em recolher dos próprios lábios daquelas criaturas cheias de desespero as preces que, na sua aflição, dirigiam ao céu. Muitos cavalheiros haviam descido para fumar tranqüilamente o seu cachimbo; os demais não recusaram quando a dona da casa teve a feliz idéia de nos indicar um quarto com portadas e cortinas. Quando lá entramos, Lotte estava ocupada em arranjar as cadeiras em círculo, pedindo a todos que se sentassem, e sugeriu um passatempo.

A essa idéia, notei que muitos dos rapazes se acomodaram em seus lugares, mostrando um ar amável, na esperança de uma doce prenda.

— Vamos fazer o jogo da conta — disse Lotte. — Atenção!

Começarei da direita para a esquerda, andando em volta do círculo; vocês, à medida que vou passando, vão contando, e cada qual vai dizendo o número que lhe corresponde, muito rapidamente. É parecido com aquela corrida da tocha, que passa de mão em mão. Quem errar ou parar, recebe um tabefe; e assim por diante, até mil.

Foi divertido ver aquilo. Ela percorria o círculo, com o braço estendido. O primeiro disse "um"; seu vizinho, "dois"; o seguinte, "três", e assim sucessivamente. Ela foi acelerando cada vez mais a pergunta, aí um dos parceiros deixou passar a sua vez, e plá! — um tabefe. O parceiro seguinte teve um ataque de riso, enganou-se e recebeu, por sua vez, outro tabefe. E foi sempre assim, aumentando de velocidade. Eu recebi, de minha parte, dois tabefes; notei, com grande satisfação, que eram mais fortes do que aqueles que ela dera nos outros. Os risos e a barulheira geral acabaram com o jogo, antes que se chegasse a mil. Formaram-se pequenos grupos isolados. A tempestade passara; acompanhei Lotte até o salão. No caminho, ela me disse:

— Os tabefes fizeram você esquecer a tempestade e o resto.

Não pude responder coisa alguma. Ela prosseguiu:

— Eu era uma das mais medrosas; mas conforme fui me forçando a ter coragem para animar os outros, tornei-me, eu própria, corajosa.

Aproximamo-nos da janela. Os trovões continuavam, mas cada vez mais distantes, e uma chuva deliciosa começou a cair, com um barulho agradável e fazendo subir um aroma refrescante em lufadas de ar tépido. Ela estava apoiada sobre o cotovelo, olhando a paisagem; ergueu o olhar para o céu e em seguida para mim. Notei que seus olhos estavam cheios de lágrimas. Ela colocou a mão sobre a minha e exclamou: "Klopstock!" Lembrei-me imediatamente da ode magnífica em que ela pensava, e abandonei-me às emoções que aquela palavra despertou em mim. Sem poder me conter, inclinei-me e beijei-a, molhando-a com minhas lágrimas. E de novo meus olhos procuraram os dela... Nobre Klopstock! E dizer que você não viu a sua apoteose naquele olhar! Que eu nunca mais ouça o proferir de seu nome tantas vezes profanado!

19 de junho

Não sei mais em que ponto parei em minha última carta; mas sei perfeitamente que eram duas horas da manhã quando fui dormir e que, se pudesse conversar, em vez de lhe escrever, teríamos ficado acordados até o raiar do dia.

Ainda não lhe contei sobre o que nos aconteceu na volta do baile, e hoje ainda não tenho tempo para fazê-lo.

Foi o mais esplêndido nascer de sol! Toda a floresta estava orvalhada, e os campos, intermináveis, frescos! Todos os nossos acompanhantes haviam adormecido. Lotte perguntou-me se eu não queria fazer o mesmo, dizendo-me que não me constrangesse por causa dela.

— Enquanto seus olhos estiverem abertos — respondi-lhe, fitando-a — não há perigo de que eu feche os meus.

Assim nos mantivemos até a sua porta. A criada veio abri-la sem fazer ruído e respondeu a todas as perguntas de Lotte, informando que seu pai e as crianças estavam bem e ainda dormiam. Deixei-a, então, pedindo que me permitisse ir vê-la nesse mesmo dia. Ela consentiu e eu fui. E desde então, o sol, a lua e as estrelas podem continuar a brilhar, porém eu mais não sei quando é dia e quando é noite; o universo inteiro não mais existe para mim.

21 de junho

Estou vivendo dias tão felizes como aqueles que Deus reserva aos seus mais diletos filhos. Qualquer que seja a sorte que me espera, não poderei dizer que não gozei as alegrias mais puras desta vida.

Você conhece o meu Walheim. Instalei-me lá, a meia hora da casa de Lotte, desfrutando, no mais íntimo de mim mesmo, toda a felicidade que é possível ao homem desfrutar.

Jamais poderia imaginar que escolhendo Walheim como fim de minhas andanças estaria tão pertinho do céu! Quantas vezes, em minhas longas excursões, divisei, não só do cimo da montanha como da planície que se estende para além do rio, aquele pavilhão de caça onde agora se concentram todos os meu desejos!

Querido Wilheim, pensei bastante sobre o desejo que o homem tem de expandir o seu horizonte, fazendo novas descobertas, vagando por aí. E também pensei a respeito do impulso que o leva a aceitar, voluntariamente, uma existência limitada, seguindo por caminhos já trilhados, sem se preocupar com o que está à direita ou à esquerda.

É maravilhoso. Quando venho aqui e passo a contemplar este belíssimo vale, sinto-me estranhamente atraído por todo esse vasto horizonte. Ah! Se eu pudesse mergulhar nas sombras daquele pequeno bosque, lá longe!... Ah! Se eu pudesse chegar ao cimo daquela montanha distante e de lá abarcar a região inteira! Se eu pudesse me perder por aquelas colinas que se ligam umas às outras, e pelos vales cheios de sombra! E percorria-os, regressando sem haver encontrado o que buscava.

Acontece com a distância o mesmo que acontece com o futuro: um todo imenso, e como que envolvido por uma neblina, estende-se diante da nossa alma; nosso coração ali mergulha e se perde, da mesma forma que nossos olhos, e ardentemente aspiramos a nos abandonar por completo, deixando-nos impregnar de um sentimento único, sublime, delicioso... No entanto, pobres de nós, quando lá chegamos e vemos que nada mudou: encontramo-nos tão pobres, tão limitados como antes, e nossa alma suspira pela felicidade que lhe fugiu.

E é assim que o vagabundo mais inquieto acaba por aspirar ao retorno à sua pátria, encontrando em sua cabana, nos braços da sua mulher, entre os filhos e no trabalho para sustentá-los, a felicidade que em vão procurou neste vasto mundo.

Quando pela manhã, ao nascer do sol, saio em direção do meu Walheim, eu mesmo faço a colheita de ervilhas na horta do albergue e sento-me para debulhá-las, enquanto leio o meu Homero. Quando vou escolher uma panela na pequena cozinha, deito-lhe a manteiga, ponho dentro as ervilhas e fico a mexê-las de vez em quando; então sinto vivamente como os ousados pretendentes de Penélope matavam, retalhavam e assavam, eles próprios, os bois e os porcos. Nada desperta em mim uma tão tranqüila e sincera emoção como esses traços da vida patriarcal que, graças a Deus, e sem afetação, consigo incorporar à minha existência rotineira.

29 de junho

Anteontem, o médico da cidade, ao chegar para ver o bailio, encontrou-me estendido no chão, brincando com os irmãozinhos de Lotte, alguns passeando em cima de mim, outros provocando-me e eu fazendo-lhes cócegas, tudo em meio a um grande alvoroço. O doutor, um homem dogmático, sempre a arranjar as pregas dos punhos e estufar um imenso bofe enquanto fala, achou — e percebi-o pela cara que fez — a minha conduta incompatível com a dignidade de um homem sensato. De modo algum isso me perturbou; deixei-o discorrer sobre assuntos muito profundos, ocupando-me em reerguer o castelo de cartas que os garotos haviam derrubado. Por isso, ele andou dizendo pela cidade que Werther estava acabando de estragar as crianças do bailio, já suficientemente mal-educadas.

Sim, caro Wilhelm, não há nada no mundo que me interesse tanto como as crianças. Quando as observo, noto nesses pequenos seres o germe de todas as virtudes, de todas as faculdades que um dia lhes serão tão necessárias: em sua teimosia vejo a futura constância e firmeza de caráter; em suas travessuras, o bom humor que lhes fará vencer facilmente os perigos do mundo. E tudo isso de modo tão puro, tão íntegro! Sempre e sempre eu evoco estas palavras preciosas do Divino Mestre: "Se não vos tornardes igual a essas!..." Pois bem, meu amigo, as crianças, que são nossos iguais, que deveríamos tomar por modelos, nós as tratamos como nossos vassalos! Não queremos que elas tenham vontade! E nós não a temos? Por que deveríamos ter privilégios? Por sermos mais velhos e mais experientes?... Deus do céu! Você só vê velhas crianças e crianças jovens, nada mais; e, faz muito tempo, seu filho nos fez saber quais daqueles lhe são mais agradáveis. Mas os homens, embora creiam em Deus (isso é tão antigo), não o escutam e continuam a fazer a criança à sua própria imagem, e... Adeus, Wilhelm, não quero continuar insistindo nisso.

1º de julho

Tudo o que Lotte deve ser para um enfermo, sinto-o em meu pobre coração, muito mais enfermo do que aqueles que definham sobre um leito de dor. Ela vai passar alguns dias na cidade, em casa de uma boa mulher que, segundo os médicos, está próxima do fim, e deseja tê-la junto de si nos últimos momentos. Na semana passada, fui com ela ver o pastor de St..., pequena aldeia situada na montanha, a uma légua daqui. Chegamos por volta das quatro horas. Lotte levou consigo a segunda das irmãs. Quando entramos no pátio do presbitério, à sombra de enormes nogueiras, o bom velho estava sentado num banco de pedra, em frente da porta. Quando viu Lotte chegar, pareceu se encher de vida e quis levantar-se para ir ao seu encontro, esquecendo-se do seu cajado. Ela correu para ele, obrigou-o a sentar-se de novo, sentou-se a seu lado, transmitindo-lhe os muitos cumprimentos que o pai havia mandado, e pôs-se a acariciar o filho mais novo do pastor, um garoto todo lambuzado, o Benjamim da sua velhice. Se você a visse tratar o pobre velho, erguer o tom de voz para que ele a ouvisse melhor, falar-lhe de gente moça e robusta, morta de repente, enaltecer as águas de Carlsbad e aprovar o projeto do velho de lá ir no próximo verão; enfim, dizer que ele estava com um aspecto muito melhor do que na última visita!... Durante esse tempo, eu apresentava meus cumprimentos à esposa do pastor. Como eu não deixava de elogiar as belas nogueiras que nos forneciam uma sombra tão agradável, o velho, cheio de animação, passou a nos contar a sua história, embora arrastasse um pouco a língua, com dificuldade. "Quanto à mais velha", disse-nos, "não sabemos quem a plantou; afirmam uns que foi um certo pastor, outros que foi um outro. Aquela mais nova tem a idade da minha mulher; fará cinqüenta anos em outubro. O pai dela a plantou pela manhã, e a filha nasceu na tarde do mesmo dia. Meu sogro foi meu antecessor nesta paróquia; apreciava muitíssimo estas árvores, e creio que não me sejam menos caras. Minha mulher estava tricotando à sua sombra, sentada num tronco, quando eu, um pobre estudante, entrei pela primeira vez neste pátio, há 27 anos".

Lotte perguntou-lhe sobre a filha; soube que ela tinha ido com o senhor Schmidt ver os trabalhadores no campo. E o velho, retomando a sua narração, contou-nos como ganhou o afeto de seu predecessor e da filha; como se tornara pastor adjunto e depois seu sucessor.

Mal havia terminado a história, vimos chegar pelo jardim a filha do pastor, acompanhada pelo tal senhor Schmidt. Ela cumprimentou Lotte de modo bastante caloroso, e devo confessar que essa moça não me desagradou. É uma morena ágil e bem proporcionada, que faria qualquer um passar de maneira muito agradável o tempo no campo. Seu namorado, pois é o que o senhor Schimidt parecia ser, é um homem bem-educado, mas taciturno; não quis participar da conversação, apesar dos esforços reiterados de Lotte. Incomodou-me isso, sobretudo porque me pareceu ter notado, pela sua fisionomia, que o que o impedia de comunicar-se era mais a teimosia e o mau humor que a limitação do espírito. E infelizmente, isso logo se tornou bem patente. Fomos dar um passeio e, como Frederike andasse ao lado de Lotte e pouco depois caminhasse também a meu lado, o rosto do rapaz já de natural amorenado, ficou ainda mais visivelmente carregado, a tal ponto que Lotte foi obrigada a puxar-me a manga para avisar-me que eu estava sendo demasiado galanteador para com Frederike. Ora, nada me aborrece mais do que ver as pessoas se atormentarem umas às outras; e sobretudo os jovens, em plena primavera da vida, quando o coração podia desabrochar a todas as alegrias, estragarem reciprocamente os seus melhores dias para reconhecer mais tarde que esbanjaram bens que nunca mais serão recuperados. Senti um grande desgosto, e quando, ao entardecer, retornamos ao pátio do presbitério para tomar leite e a conversação incidiu sobre as alegrias e as tristezas do mundo, não me contive e aproveitei a ocasião para dizer tudo quanto transbordava dentro de mim contra o mau humor:

— Nós lamentamos com freqüência que haja tão poucos dias felizes e tantos dias infelizes; e isso, ao que me parece, é um erro. Se nosso coração estivesse sempre disposto a desfrutar, sem idéias preconcebidas, o bem que Deus nos dispensa cada dia, teríamos também força para suportar os maus dias, quando eles chegassem.

A mulher do pastor disse:

— Mas nós não temos poder sobre a nossa disposição moral, que depende tanto da disposição do corpo! Quando sofremos, não encontramos bem em parte alguma.

Concordei com ela e continuei:

— Se é assim, devemos considerar o mau humor uma doença e perguntar se não há remédio para essa doença.

Lotte acrescentou:

— Muito bem! Penso que, pelo menos, podemos fazer muito a respeito. Sei por experiência própria: quando alguma coisa me contraria e aborrece, ergo-me imediatamente e caminho de um lado para o outro no jardim, cantando qualquer compasso de dança; então tudo se dissipa.

Prossegui:

— Era o que eu queria dizer; o mau humor é uma espécie de preguiça, pois ele é exatamente como a própria preguiça. Somos muito inclinados à preguiça; entretanto, basta que tenhamos coragem de fazer um grande esforço, que o trabalho sai rápido e encontramos na atividade um verdadeiro prazer.

Frederike ouvia atentamente. O rapaz objetou que a mente não se pode dominar, e muito menos se pode dominar os próprios sentimentos.

Aproveitei o ensejo para dizer:

— Trata-se de um sentimento desagradável, com certeza, do qual qualquer pessoa pode facilmente se ver livre, porque ninguém sabe até onde vão suas forças antes de experimentá-las. Um enfermo que deseja ardentemente recuperar a saúde consulta todos os médicos, um após outro, não se recusando a tomar os remédios mais amargos.

Notei que o bom velho esforçava-se para ouvir e participar da conversa; a ele me dirigi diretamente, elevando o tom de voz:

— Prega-se contra tantos vícios e, contudo, até onde sei, nenhum pregador tomou como tema o mau humor.*

— Isso é para os pregadores das cidades — respondeu-me ele —, os camponeses não têm mau humor. Mas isso até que poderia ser útil de vez em quando; poderia ao menos servir de lição ao senhor bailio e às nossas mulheres.

Todos caíram na risada, e o pastor também riu com todas as forças, até ser acometido de um acesso de tosse, que interrompeu por algum tempo a nossa conversa. Em seguida, o rapaz tomou a palavra para dizer:

— Você considera o mau humor um vício; parece-me um tanto exagerado.

— Absolutamente não — respondi —, se aquilo que nos prejudica e ao próximo merece tal nome. Não basta sermos incapazes de fazer felizes uns aos outros? E ainda temos de nos privar do prazer que cada um pode achar dentro de si mesmo? Aponte-me um homem que, estando de mau humor, tenha a coragem de ocultá-lo, de sofrer sozinho, sem perturbar a alegria dos que o cercam. Mas o mau humor não seria antes uma irritação íntima em razão do sentimento de nossa própria insuficiência, um descontentamento em relação a nós mesmos, ao qual se junta sempre a inveja em razão de uma vaidade idiota? Quando vemos algumas pessoas felizes, sem que para isso tenhamos contribuído, essa felicidade nos é insuportável.

Vendo com que entusiasmo eu falava, Lotte olhou-me e sorriu. Uma lágrima que eu percebi nos olhos de Frederike impeliu-me a prosseguir:

Pobre daquele que usa do seu poder sobre um coração para abafar

---

* Temos agora um excelente sermão de Lavater sobre esse assunto, que pode ser encontrado nos sermões sobre o livro de Jonas.

as singelas alegrias que nele nascem espontaneamente! Todas as dádivas, todas as gentilezas deste mundo não compensam um só dos instantes de prazer, se esses instantes forem envenenados pelo despeito de um tirano.

Meu coração transbordou naquele momento até a plenitude, tantas eram as lembranças do passado que me oprimiam a alma, e lágrimas me vieram aos olhos:

— Se disséssemos a nós mesmos, todos os dias: "Você não tem outro poder sobre seus amigos senão deixá-los com as suas alegrias, aumentando a sua felicidade conforme a compartilha com eles. Você poderá lhes consolar quando estiverem com a alma agitada por paixão violenta, machucada pela dor? E quando aquela que você consumiu em seus belos dias sucumbir por fim à derradeira e mais temida doença, e quando a vir no leito, abatida, os olhos sem brilho voltados para o céu, o suor da morte escorrendo da fronte lívida; quando você, de pé junto a esse leito, como um desgraçado, certo de que tudo o quanto fizer, não obstante o seu poder, será inútil; quando, com o coração dilacerado pela angústia, quiser tudo sacrificar para dar a essa criatura agonizante uma gota de conforto, uma centelha de coragem!..."

Ao pronunciar essas palavras, a recordação de uma cena semelhante, à qual assisti, assaltou-me vivamente, levei o lenço aos olhos e afastei-me. Só voltei a mim quando ouvi a voz de Lotte chamando-me para irmos embora. Na volta, ela me censurou pelo interesse apaixonado que assumo por tudo, dizendo que isso acabará por me consumir! Anjo, por sua causa é preciso que eu viva!

6 de julho

Ela continua junto da amiga agonizante, e sempre a mesma criatura cheia de presença de espírito, de ternos cuidados, amenizando o sofrimento e criando a felicidade em toda parte onde pousar o seu olhar. Ontem à tarde ela foi passear com Mariane e com a pequena Amalie. Eu sabia disso e fui ao encontro delas. Depois de caminhar uma hora e meia, voltamos à cidade e passamos pela fonte que me era tão querida e agora o é mil vezes mais, Lotte sentou-se sobre o pequeno muro e ficamos de pé diante dessa fonte. Olhei em volta e senti voltar o tempo em que vivia completamente só.

— Fonte querida — eu disse —, há quanto tempo não repouso

junto do seu doce frescor; e mesmo por várias vezes passei por você, sem sequer a olhar.

Olhando lá embaixo vi Amalie subindo, ocupada em trazer um copo d'água... Olhei para Lotte e senti tudo o que ela significa para mim. Nesse momento chegou Amalie com o seu copo, e Mariane quis agarrá-lo.

— Não! — gritou a criança, com a mais encantadora expressão. — Não é para você. Lotte, beba primeiro!

Tocado pelo tom de sinceridade e bondade que ela transmitiu a essas palavras, só soube exprimir o que senti erguendo-a do chão e beijando-a com toda a efusão. Ela desandou a gritar e a chorar.

— Você agiu mal — disse-me Lotte. Fiquei consternado.

E, tomando a pequena pela mão para descer a escada, Lotte disse:

— Venha, Amalie; venha lavar-se na água fresca. Depressa, vamos, que isso não é nada.

Fiquei olhando a menina, que esfregava o rosto e acreditava que a fonte tivesse o poder de limpar toda a mácula, evitando a vergonha de lhe nascer uma horrenda barba. Lotte disse: "Chega!" Mas a garota continuava lavando-se e redobrando de cuidado, acreditando que a quantidade valia mais do que a qualidade... Afirmo-lhe, meu caro Wilhelm, que nunca assisti com tanto respeito a um batismo! E, quando Lotte subiu, tive vontade de prostrar-me diante dela como diante de um profeta que acabasse de eximir o povo de todos os seus pecados.

À noite, com o coração cheio de contentamento, não pude deixar de contar o caso a um homem que eu supunha ser sensível e inteligente e por isso mesmo capaz de apreciar esses traços de humana ingenuidade. Não há dúvida de que fui muito bem-sucedido! Ele começou por dizer que Lotte cometeu um erro, pois não se deve enganar as crianças; que as histórias dessa espécie dão lugar a uma infinidade de superstições das quais devemos nos precaver. Lembrei-me de que esse homem, oito dias antes, fez batizar um dos filhos. Pus de lado, pois, as suas opiniões, e permaneço fiel a esta verdade: devemos proceder com as crianças como Deus procede conosco: nada nos torna mais feliz do que deixarmos ir ao acaso flutuando em um doce engano.

8 de julho

Como somos crianças! Que valor damos a um olhar! Ah! como somos crianças!... Tínhamos ido a Walheim; as damas foram de carro. Durante o caminho, creio ter visto os olhos negros de Lotte... Perdoe-me, que estou louco, mas eu queria que você visse aqueles olhos! Mas como *meus* olhos estão pesados de sono, vou resumir: quando as damas subiram, permanecemos todos de pé, em torno do carro, o jovem W., Selstadt, Audran e eu. Elas conversavam pela portinhola com esses moços que, para dizer verdade, se mostravam muito frívolos e levianos. Eu buscava os olhos de Lotte, mas, ah!, eles iam de um lado para outro, sem pousar em mim, que ali estava sem outro pensamento que não fosse para ela! Meu coração mil vezes lhe repetia adeus, e ela não olhava para mim!

O carro partiu, e uma lágrima rolou dos meus olhos. Segui-o com o olhar, vi os cabelos de Lotte se agitarem para fora da portinhola e notei que ela se voltava para olhar... Seria para mim? Meu caro Wilhelm, flutuo nesta incerteza, e meu único consolo é dizer a mim mesmo: "Talvez ela se tenha voltado para me olhar!" Talvez!...

Boa noite! Ah! como sou criança!

10 de julho

Você precisava ver a triste figura que faço quando se fala dela numa roda! E quando me perguntam se ela me agrada!... Agradar! Odeio mortalmente essa palavra! Pode chamar-se homem aquele a quem Lotte não agradar, e cujos sentidos, cujo coração não forem logo dominados por ela? Agradar! Alguém perguntou-me outro dia se Ossian me agradava!

11 de julho

A senhora M. está muito mal; rezo pela sua vida, porque sofro com Lotte. Vejo-a, muito raramente, na casa de uma amiga. Hoje ela me contou um fato singular. O atormentado velho M. é um homem implicante e avaro, sempre atormentando a mulher, não lhe dando o necessário para as despesas. Apesar disso, ela sempre achou meios de se arranjar. Há dias, quando o médico a desenganou, ela mandou chamar o marido em presença de Lotte, e disse-lhe: "É preciso que confesse a você uma coisa que poderá, depois da minha morte, causar embaraços e aborrecimentos. Até agora, governei a casa com a ordem e economia que me foram possíveis; mas há de me perdoar por tê-lo enganado durante trinta anos. No começo do nosso casamento, você fixou uma soma muito modesta para todas as despesas. Quando os nossos gastos aumentaram em razão de nossos negócios, que também cresceram, e nem assim você se incomodou em atualizar os valores que havia estipulado — ou seja, embora os gastos fossem maiores, tive de me sujeitar com sete florins por semana. Nunca reclamei, mas retirei do cofre a quantia que faltava, por todos esses anos, para cobrir a receita, porque ninguém suspeitaria que sua mulher fosse capaz de roubar a sua própria caixa. Não esbanjei coisa alguma. Podia entrar, confiante, na eternidade sem haver contado a você esse fato, mas aquela que me deverá substituir talvez não se saia bem e você é capaz de teimar que a sua primeira mulher se arranjou sempre perfeitamente bem com essa soma".

Conversamos, Lotte e eu, a respeito da incrível cegueira do espírito humano, fazendo com que um homem de nada suspeite vendo sete florins bastar para cobrir despesas que, evidentemente, correspondem ao dobro. Mas eu mesmo conheço muita gente que admitiria, sem espanto, a renovação, em sua própria casa, do milagre do inesgotável pote de azeite do profeta.

13 de julho

Não, não estou enganado! Li em seus olhos negros um verdadeiro interesse por mim e pela minha sorte. Sim, eu sinto que meu coração pode crer que ela... Ousarei, será que poderei pronunciar estas palavras que resumem o paraíso?... Eu sinto que ela me ama!

Ela me ama! E quanto eu me estimo cada vez mais, quanto... eu posso dizer isto a você, que saberá compreender-me... quanto eu me adoro a mim mesmo, depois que ela me ama!

Será presunção? Será o sentimento de meu verdadeiro estado?... Não conheço homem nenhum de quem possa temer qualquer interferência capaz de diminuir-me no coração de Lotte. E, no entanto, quando ela, com tanto calor e afeto, fala de seu noivo... é como se eu fosse um homem destituído de toda a honra e dignidade, e ao qual arrebatassem a própria espada.

16 de julho

Que calor percorre todo o meu ser quando por acaso meu dedo toca no dela, ou nossos pés se encontram embaixo da mesa! Afasto-os como se tivesse tocado o fogo, e uma força secreta impulsiona-me de novo... uma vertigem arrebata todos os meus sentidos!... E dizer que sua alma cândida desconhece a tortura que me infligem essas pequenas intimidades! E quando, animados pela conversa, ela pousa sua mão sobre a minha, e quando, ao conversar, ela se aproxima tanto de mim que eu chego a experimentar seu hálito celestial junto dos meus lábios... então, parece que vou cair como que fulminado por um raio... E, Wilhelm, se eu ousasse... aquela pureza e aquela confiança... você me compreende. Não, meu coração não é assim tão corrompido! Ele é fraco, sim, bem fraco!... E isto já não é a corrupção?

Para mim, ela é sagrada. Todo desejo emudece em sua presença. Não sei o que sinto quando estou junto dela; é como se toda a minha alma revolvesse todos os meus nervos. Há uma melodia que ela toca no cravo, com o poder mágico de um anjo, e com tanta simplicidade, tanta alma! É a sua predileta. Quando ela toca a primeira nota, sinto-me curado de todo o meu sofrimento, da confusão das minhas idéias e fantasias.

Nada do que os antigos contam sobre o poder sobrenatural da música me parece agora inverossímil. Como esse pequeno canto toma conta de mim! E como ela sabe fazer-se ouvir a propósito, sempre no momento em que me sinto tentado a meter uma bala na cabeça!... O delírio e as trevas se dissipam na minha alma e respiro mais livremente.

18 de julho

Wilhelm, que seria do nosso coração em um mundo inteiro sem amor? O mesmo que uma lanterna mágica apagada! Assim que se põe lá uma lâmpada, imagens de todas as cores surgem na tela branca... E mesmo se fosse apenas isso — fantasmas —, ainda assim continuará fazendo a nossa felicidade, sempre que nos postarmos diante deles, como crianças extasiadas com aquelas aparições maravilhosas!

Hoje não pude ir à casa de Lotte, pois fiquei retido em uma

reunião na qual não podia faltar. Que podia fazer? Mandei lá o meu criado, apenas para ter junto de mim alguém que tivesse estado com ela. E com que impaciência o esperei! Com que alegria o vi regressar! Fiquei com vontade de beijá-lo, mas tive vergonha.

Conta-se que a pedra de Bolonha, quando exposta ao sol, absorve-lhe os raios e fica por algum tempo luminosa durante a noite. Pareceu-me haver acontecido o mesmo com o meu criado. Só de pensar que os olhos de Lotte tinham pousado em seu rosto, nas suas faces, nos botões da sua libré, no seu colete, fez com que ele se tornasse para mim tão precioso, tão sagrado! Nesse momento, eu não daria o meu criado por dinheiro nenhum. Eu me sentia tão feliz junto dele!... Queira Deus que você não ria de tudo isso! Ah! Wilhelm, será ilusão ser feliz?

19 de julho

Vou vê-la! Esta é a minha primeira exclamação da manhã, quando acordo, e meus olhos procuram alegremente o sol. "Vou vê-la!" E, durante o dia inteiro, não tenho outro desejo. Em tudo, tudo mergulho nessa perspectiva.

20 de julho

Ainda não aceitei a sua idéia de acompanhar o embaixador... Jamais apreciei a submissão; além do quê, todos sabemos tratar-se de um homem muito desagradável. Segundo você disse, minha mãe deseja que eu me ocupe de alguma coisa; isso me fez rir. Não estou eu, então, ocupado neste momento? Contar grãos de ervilhas, ou lentilhas, no fundo não é a mesma coisa? Tudo neste mundo conduz às mesmas mesquinharias; e aquele que, para agradar aos outros, e não por paixão ou necessidade pessoal, se acaba no trabalho para ganhar dinheiro, honra, ou o que quer que seja, digam o que disserem, o que age assim é um louco.

24 de julho

Você insiste tanto para que eu continue com o desenho, que eu bem preferia não tocar nesse assunto, para evitar dizer-lhe que tenho feito muito pouco nestes últimos tempos.

Jamais fui tão feliz, nunca a minha sensibilidade pela natureza, até pela pedrinha mais insignificante, foi tão completa e tão profunda, e todavia... não sei como dizer tudo isso... minha faculdade de expressão está tão fraca, tudo flutua e vacila de tal modo diante de mim, que não posso fixar nenhum contorno. Mas acredito que, se trabalhasse a argila, ou a cera, talvez conseguisse transmitir o que tenho no espírito. Se isso persistir, vou pegar argila e amassar, nem que seja apenas para fazer bolinhas...

Três vezes comecei o retrato de Lotte, três vezes fiquei envergonhado. E isso me deixa ainda mais aborrecido porque há bem pouco tempo eu conseguia reproduzir-lhe os traços com muita facilidade. Acabei conseguindo fazer um esboço, e é preciso que isso me baste.

25 de julho

Sim, querida Lotte, desempenharei tudo; não tema enviar-me novas incumbências, sempre e sempre! Apenas uma coisa eu lhe peço: não ponha muita areia para secar a tinta dos bilhetes que me escreve. O de hoje, levei-o com tanta vivacidade aos lábios que a areia ainda está arranhando os meus dentes.

26 de julho

Já por várias vezes tomei a resolução de não ir vê-la tão freqüentemente. Sim, mas como resistir? Todo dia sucumbo à tentação e faço a mim mesmo este juramento: "Amanhã, você não irá procurá-la". Quando chega o dia seguinte, sempre encontro algum motivo imperioso, e quando dou por mim, estou junto dela, Ou então é ela quem diz, à noite: "Você virá amanhã, não?" E quem pode resistir a isso? Ou, ainda, é ela quem me incumbe de um recado, e julgo conveniente levar-lhe, pessoalmente, a resposta. Ou ainda isto: vou a Walheim, e já que a casa dela fica tão pertinho, é só andar mais meia hora... Sinto-me muito perto de sua atmosfera... e, subitamente, eis-me a seu lado!

Minha avó contava a história da montanha de ímã: os navios

que se aproximassem muito perdiam todas as suas ferramentas, todos os seus pregos, precipitando-se contra ela, e os pobres marinheiros eram esmagados em meio às tábuas que se desmantelavam umas sobre as outras.

30 de julho

Albert voltou, e eu quero partir. Mesmo que ele fosse o melhor, o mais nobre dos homens, e eu me reconhecesse inferior a ele de todos os pontos de vista, ainda assim não suportaria vê-lo, com os meus próprios olhos, possuidor de tantas perfeições... Possuidor!... Wilhelm, isto é o bastante: o noivo está aqui. É um homem muito bom, amável, não se pode deixar de gostar dele. Felizmente não assisti à sua chegada, pois isso teria despedaçado o meu coração. É tão honesto que ainda não beijou Lotte em minha presença, nem sequer uma única vez. Que Deus o recompense por isso! Sou forçado a estimá-lo pelo respeito que ele devota a Lotte. Mostra-se atencioso para comigo, e eu penso que isso se deve muito a ela. As mulheres são admiráveis nesse ponto, e com razão. Quando conseguem manter a harmonia entre dois admiradores, a vantagem é só para elas. Mas isso raramente acontece.

Não obstante, não posso recusar minha estima a Albert. Sua calma exterior contrasta vivamente com o meu caráter inquieto, que não consigo ocultar. Ele é bastante sensível e conhece o valor de Lotte. Parece que nunca está de mau humor, que como você sabe é de todos os defeitos do gênero humano o que mais abomino.

Albert me tem na conta de um homem inteligente e de bom gosto, e a minha atração por Lotte, o extremo prazer que encontro em tudo quanto ela faz, realçam o seu triunfo, fazendo que, com isso, seu amor por ela aumente ainda mais. Não procuro saber se ele a tortura, às vezes, com um ciumezinho pueril; pelo menos, em seu lugar eu não estaria livre dos ataques desse demônio.

Seja como for, a felicidade que eu sentia em estar junto a ela desapareceu. Devo chamar a isso loucura ou cegueira? Que importa o nome? Antes de Albert chegar, eu já sabia tudo quanto sei agora: que não posso alimentar qualquer pretensão a respeito dela, e não tinha nenhuma... pelo menos até o ponto em que é possível não desejar nada em presença de tantas seduções. E no entanto, o idiota em que me tornei arregala os olhos porque o outro chegou para roubar-lhe a amada!

Eu ranjo os dentes zombando da minha miséria, e zombaria duas, três vezes, tantas quantas as pessoas fossem capazes de dizer-me que devo me resignar, pois sei perfeitamente que as coisas não poderiam ser diferentes... Não me importunem, pois, com isso!

Corro de um lado para o outro, no bosque; depois, quando chego à casa de Lotte e encontro Albert sentado junto dela sob o caramanchão do pequeno jardim, sinto-me sufocar, aparento uma alegria descompassada, digo mil maluquices, mil disparates, fico visivelmente aparvalhado.

— Pelo amor de Deus — disse-me hoje Lotte — nada de cenas como a de ontem à noite, eu lhe suplico! Você me mete medo quando fica tão alegre!...

Aqui entre nós, não vejo a hora de ele sair. Então, vou para lá bem ligeiro, sentindo, apesar de tudo, uma grande felicidade quando a encontro sozinha.

8 de agosto

Meu caro Wilhelm, por favor não pense que me referi a você quando disse que considero insuportávei as pessoas que exigem de nós uma resignação ante o inevitável. Na verdade, não pensei que você fosse da mesma opinião. Mas no fundo você está certo. Farei uma única objeção, meu amigo! Raramente as coisas neste mundo oferecem uma alternativa bem marcada; os próprios sentimentos e maneiras de agir apresentam nuances variadas como as gradações entre um nariz aquilino e um nariz chato.

Não estranhe, portanto, se, embora reconhecendo a justeza do seu argumento, eu procure escapar ao seu dilema. Você me disse: "Ou você tem alguma esperança em relação à Lotte, ou não tem. No primeiro caso, faça todo o esforço para realizar essa esperança e chegar à realização dos seus desejos; no segundo, tenha ânimo e fortaleça a sua coragem, procurando livrar-se de um sentimento funesto que vai acabar consumindo todas as suas forças". Meu caro amigo, isso está muito bem dito... e é fácil de dizer.

Pode-se, acaso, exigir de um desgraçado, cuja vida se extingue pouco a pouco sob a ação surda e lenta, mas irresistível, da doença, que ponha termo imediatamente aos seus sofrimentos com um golpe de punhal? O mal que consome as suas forças não lhe retira ao mesmo tempo a coragem para se libertar dele?

É claro que você poderá responder-me por uma comparação semelhante: "Quem não prefere cortar o braço a arriscar a vida, só por medo e hesitação?" Não sei... mas não vamos nos perder mergulhando em comparações. Basta... Sim, Wilhelm, sinto, em certos momentos, a coragem de atirar fora o fardo que me esmaga e, bem... se eu soubesse para onde ir... iria imediatamente.

Mesmo dia, à noite

O meu diário, que pus de lado há algum tempo, veio parar hoje em minhas mãos. Fiquei assombrado ao verificar que foi conscientemente que avancei, passo a passo, por este caminho; que vi sempre com muita clareza a minha situação e contudo, ainda assim, agi como uma criança. Ainda agora vejo tudo claramente, sem que haja até aqui nenhum indício de que venha a emendar-me.

10 de agosto

Eu poderia levar a vida mais agradável e feliz, se não fosse um insensato. Raramente se associam circunstâncias tão favoráveis, tão bem combinadas para encher de júbilo a alma humana, como aquelas em que me encontro neste momento. Tanto isso é verdade, que do nosso coração unicamente é que depende a sua felicidade... Fazer parte da mais encantadora das famílias; amado pelo velho como um filho, pelas crianças como um pai; amado por Lotte e pela honra de Albert, que não perturba nunca a minha felicidade com um capricho, com uma falta de atenção, envolvendo-me em uma amizade tão sincera que, depois de Lotte, sou a pessoa que ele mais estima!... Wilhelm, como nós nos entendemos, passeando juntos e conversando a respeito de Lotte! Nunca se imaginou nada mais ridículo do que essa situação, e no entanto as lágrimas mais de uma vez me chegaram aos olhos.

Quando ele me fala da mãe de Lotte e conta como, em seu leito de morte, confiou os cuidados da sua casa e das suas crianças à filha; como, a partir desse momento, Lotte se animou de um espírito inteiramente novo e tornou-se, por seu zelo com a casa e por sua seriedade, uma verdadeira mãe; como não houve mais um só minuto de seu tempo, que não o consagrasse a dar carinho, trabalhar pelos seus, sem perder, entretanto, a alegria e o humor fácil!... Sigo a seu lado, colhendo flores à beira do caminho, componho com elas, cuidadosamente, um ramalhete e, depois... atiro tudo dentro do rio e fico a olhar o ramalhete que a corrente leva, balançando-o docemente...

Não sei se escrevi a você dizendo que Albert deverá permanecer aqui e vai obter do tribunal, onde é muito estimado, um ótimo lugar. Não conheço ninguém que se compare com ele em ordem e dedicação ao trabalho.

12 de agosto

Certamente, Albert é a melhor criatura deste mundo. Tive ontem com ele uma cena bem singular. Fui despedir-me dele, porque fiquei com vontade de fazer uma excursão a cavalo pela montanha, de onde lhe estou escrevendo agora. Passeando pelo quarto, descobri de repente as suas pistolas.

— Empreste-me essas pistolas para a viagem — pedi-lhe.

— Pois não — respondeu — desde que você não se incomode em ter de carregá-las. Conservo-as aqui apenas como formalidade.

Peguei uma delas, enquanto ele prosseguia:

— Depois que minha previdência me acarretou um desastre, não quero mais saber de mexer nesses objetos.

Fiquei curioso e ele contou a história:

—Durante uma estadia de três meses no campo, em casa de um amigo, com um par de pistolas, embora descarregadas, eu dormia tranqüilo. Certa ocasião, numa tarde chuvosa, como estivesse ocioso, não sei por que me ocorreu que poderíamos ser assaltados, podendo ter necessidade das pistolas... Bem, você sabe o que é isso. Entreguei-as, então, ao meu criado para limpá-las e carregá-las, e ele, brincando com as criadas, quis amedrontá-las... e, só Deus sabe como isto foi, a pistola disparou, e a vareta que estava dentro do cano foi ferir a mão direita de uma das criadas, esmagando-lhe o polegar. Tive de lhe suportar as lamentações e pagar o tratamento, que foi muitíssimo caro. Desde então, não guardo mais nenhuma arma carregada. Meu caro amigo, de que valem as precauções? Não se podem prever todos os perigos possíveis!... É verdade que...

Ora, você sabe que eu gosto muito de Albert, salvo quando ele começa com os seus "é verdade que..." Não é coisa por demais sabida, com efeito, que toda regra admite exceções? Mas aquele homem é tão apaixonado pela justiça que, quando acredita ter dito algo precipitado, ou genérico em demasia, ou enunciado uma meia-verdade, não pára de limitar, modificar, marcar e ajustar, até que enfim não sobra mais nada de sua proposição original.

Ele continuou, alongando o seu tema. Afinal, por não o escutar mais, pus-me a devanear. De repente, com um gesto brusco que atraiu a sua atenção, apontei o cano da pistola à fronte, abaixo do olho direito.

— Pare! Mas o que é isso?! — exclamou Albert, abaixando a pistola.

— Não está carregada — respondi-lhe.

— E, mesmo assim, que é que significa isso? — replicou ele impaciente — Não posso imaginar como um homem possa ser tão insensato para se dar um tiro. Só em pensar nisso sinto repulsa.

— Por que, vocês, homens — gritei — não podem falar de uma coisa sem logo declarar: "Isso é insensato, aquilo é razoável, aquele outro é bom, isso aí é mau"? De que servem todas essas palavras? Vocês já conseguiram, graças a elas, penetrar as circunstâncias ocultas de uma ação? Sabem com rigorosa certeza as causas que a produzem, que a tornaram inevitável? Se assim fosse, não enunciariam com tanta rapidez os seus julgamentos.

Disse Albert:

— Você há de concordar comigo, que certas ações são sempre criminosas, qualquer que seja a sua razão.

Encolhi os ombros e acrescentei:

— Porém, meu amigo, também nesse ponto há exceções. É verdade que o roubo é um crime; mas o homem que se torna ladrão para salvar-se e salvar os seus da fome merece a compaixão, ou o castigo? Quem atirará a primeira pedra no esposo que, numa explosão de cólera justa, mata a esposa infiel e o infame sedutor? Ou na jovem que, num momento de vertigem, se abandona à ebriedade irresistível do amor? Nossos próprios juízes, esses pedantes de coração gelado, deixam-se comover e seriam capazes de suspender o julgamento.

— Mas esse caso é muito diferente — tornou Albert —, pois o homem arrebatado por suas paixões perde a capacidade de refletir e deve ser considerado um bêbado, ou um louco.

— Oh! essas pessoas sensatas! — exclamei, sorrindo — Paixão! Embriaguez! Loucura! E vocês se conservam tão calmos, tão indiferentes, vocês, os homens da moral! Esmurram o bêbado, repelem o louco, e passam adiante, como o padre, como o fariseu que agradece a Deus por não o ter feito igual aos outros! Embriaguei-me por mais de uma vez, e as minhas paixões estiveram sempre à beira da loucura, e disso não me arrependo, porque só assim cheguei a compreender, numa certa medida, a razão por que, em todos os tempos, sempre foram tratados como bêbados e como loucos os homens extraordinários que realizaram grandes coisas — as que pareciam impossíveis... Mas, ainda na vida comum, nada mais insuportável do que a todo momento ouvir gritar, sempre que um homem pratica uma ação intrépida, nobre e grandiosa: "Esse homem está bêbado! É um louco!..." Que vergonha, vocês que vivem sóbrios! Que vergonha, homens sensatos!

— Você e as suas quimeras! — disse Albert — Você exagera tudo! Desta vez você está completamente errado quando compara o suicídio, que é o assunto em foco, com as grandes ações, pois não se pode considerá-lo senão como uma fraqueza. Sem dúvida, é muito mais fácil morrer do que suportar uma vida de tormentos.

Estive a ponto de explodir, porque não há argumento que tanto me aborreça como um insignificante lugar-comum que me citam no momento em que falo do fundo do coração. Entretanto, contive-me, cansado de ouvir essa banalidade, que já me aborreceu muitas vezes. Respondi com certa vivacidade:

— Chama a isso fraqueza? Peço-lhe que não se deixe levar pelas aparências! Você pode achar que um povo, que vive sob o jugo insuportável de um tirano, é fraco quando se levanta e rompe os seus grilhões? O homem que, assustado diante da sua casa incendiada, apela para todas as suas forças e transporta facilmente cargas que, em seu estado normal, mal poderia empurrar; ou um outro que, no auge do furor que lhe cause uma ofensa, se defronta com seis adversários e vence-os, você dirá que são fracos? Muito bem, meu amigo, se um esforço considerável é uma prova de força, por que um esforço alucinado seria o contrário?

Albert encarou-me e disse:

— Não me leve a mal, mas os exemplos que você acaba de citar não me parecem adequados ao caso.

— Não importa — respondi —, já me censuraram mais de uma vez por ter um modo de pensar um tanto disparatado. Vejamos, então, se de outra maneira poderemos fazer idéia daquilo que se passa no espírito de um homem quando resolve arriar o fardo, antes agradável, da vida, porque só podemos falar de uma coisa depois que a sentimos.

— A natureza humana — prossegui — é limitada: ela suporta a alegria, a tristeza, a dor, até certo ponto; se o ultrapassar, irá sucumbir. A questão não é saber, pois, se um homem é forte ou fraco, mas se é capaz de suportar a medida de sofrimento, moral ou físico, não importa, que lhe é imposta. Neste caso, acho tão absurdo dizer que um homem é covarde por haver dado cabo da própria vida, como seria absurdo chamar de covarde o que está morrendo de uma febre maligna.

— Isso é um paradoxo, um verdadeiro paradoxo! — exclamou Albert.

Repliquei:

— Nem tanto como você supõe. Há de convir que nós chamamos de doença mortal a que esgota o organismo de tal modo, que as forças ficam em parte consumidas e em parte incapazes de agir; assim, o organismo não poderá mais se reerguer e, por uma reação favorável, restabelecer o curso regular da vida... Pois bem, meu amigo, apliquemos essa verificação ao espírito. Considere o quanto o espírito do homem é limitado e como as idéias nele se fixam até que uma paixão crescente lhe retira completamente a calma, a faculdade de refletir, e o arruína. Inutilmente o homem sensato e de sangue frio contempla a situação do infeliz, e o anima. É a mesma coisa que uma pessoa saudável, junto ao leito do enfermo, tentar transmitir-lhe uma parcela, mínima que seja, do seu vigor.

Como Albert julgou que eu estava sendo demasiadamente genérico, lembrei-lhe a história recente de uma rapariga que encontraram afogada:

— Era uma boa e doce criatura, que crescera no estreito círculo de suas ocupações domésticas, fazendo sempre o mesmo trabalho. Não conhecia outra espécie de prazer senão ir, lá uma vez por outra, aos domingos, com seu melhor vestido e enfeites, passear pela cidade em companhia das amigas; e às vezes dançar em alguma festa. No mais, costumava passar uma hora conversando com alguma vizinha a respeito de uma desavença ou maledicência. Mas, a sua natureza ardente sentiu, afinal, certas solicitações mais íntimas, estimuladas pelo galanteio dos homens, e seus divertimentos de outrora foram perdendo aos poucos todo o interesse, até que ela sai do seu retraimento porque encontra alguém para o qual a impele um sentimento desconhecido e poderoso. É para esse alguém que se voltam todas as suas esperanças; ela esquece o mundo e não ouve, não vê, não sente senão esse alguém; só ele existe para ela, só a ele deseja. Como essa jovem não estava corrompida pelas satisfações frívolas da vaidade, o seu desejo vai diretamente ao alvo: ela quer ser dele, encontrar numa união eterna com ele toda a felicidade que lhe falta e com ele gozar todas as alegrias que tanto desejava. Promessas sempre repetidas transformaram suas esperanças em certezas; carícias ousadas aumentam seus desejos, acabam dominando completamente a sua alma, e ela flutua, num estado de semiconsciência, num sonho de ventura incomparável. Tendo atingido o mais alto grau da impaciente espera, quando enfim estende os braços para chegar à realização de todos os seus desejos, o seu amado a abandona. Ei-la privada de todas as faculdades de sentir e pensar! Vê diante de si um abismo; a seu redor, trevas e só trevas: nenhuma esperança, nenhuma consolação, nenhum futuro, porque ele a deixou, aquele que dava sentido à sua vida. Não vê mais o vasto mundo que a cerca, nem aqueles que poderiam substituir o bem perdido; sente-se sozinha, abandonada para sempre. Então, cega, alucinada pela angústia horrível que lhe oprime todo o ser, precipita-se para a morte que a espreitava, a fim de nela afogar todos os seus tormentos... Veja, Albert, é a história de muita gente! E, diga-me, não é o mesmo caso da doença? A natureza, não encontrando saída no labirinto onde as forças contraditórias lutam e se debatem desordenadamente, caminha para a morte inevitável. Infeliz daquele que, vendo tudo isso, contenta-se em dizer: "Que insensata! Devia ter esperado, deixando que o tempo agisse por si; seu desespero ter-se-ia acalmado e teria encontrado quem as consolasse. Como é que esse insensato foi morrer de febre? Se ele tivesse esperado que suas forças voltassem, que os humores fossem purificados e cessasse a agitação do sangue, tudo acabaria bem e ainda estaria vivo!"

Albert, para quem a minha comparação não pareceu ainda convincente, fez-me algumas objeções, entre as quais a seguinte: que eu havia falado de uma jovem humilde; não podia, entretanto, conceber qualquer desculpa, num caso semelhante, para um homem culto, cujo horizonte não é limitado e cuja visão é mais abrangente.

— Meu amigo! — disse eu — O homem é sempre o homem; e o pouco a mais de discernimento que um homem possa ter mais que um outro, pouca influência pode ter quando a paixão explode e ultrapassa os limites humanos. E além disso... ah, mas isso fica para a próxima vez!

Apanhei meu chapéu. Oh! como o meu coração estava oprimido! Nós nos separamos sem nos havermos entendido. De fato, neste mundo não é fácil nos entendermos uns aos outros.

15 de agosto

Nada neste mundo nos torna mais necessários aos outros como o amor que lhes temos. Sinto que Lotte ficaria triste se me perdesse, e as crianças nem sequer podem imaginar a possibilidade de eu não aparecer por lá todos os dias. Hoje fui lá afinar o cravo de Lotte, mas não pude fazê-lo porque as crianças não me deixaram por um segundo sequer, pedindo que eu lhes contasse um conto de fadas, e ela mesma pediu que as atendesse. Cortei-lhes o pão da merenda, que agora aceitam receber tanto de mim quanto de Lotte; depois contei a mais linda história, a de uma princesa que era servida por mãos encantadas. Aprendo muito com isso e fico admirado da impressão que tudo isso provoca neles. Se invento algum incidente e me esqueço de repeti-lo ao contar a história uma outra vez, eles me advertem de que, antes, contei de outro modo. Assim, sou forçado a manter um ritmo invariável, sem mudar coisa alguma, como se estivesse desfiando um rosário. Isso me convence de que um autor estraga a sua obra revendo-a e corrigindo-a para uma segunda edição, pois ela nada ganha quanto ao conteúdo poético. A primeira impressão nos encontra em estado passivo, a tal ponto que o homem pode aceitar as coisas mais inverossímeis; e, como se fixam fortemente no seu espírito, ai de quem quiser depois arrancá-las ou destruí-las!

18 de agosto

Por que é que aquilo que faz a felicidade do homem acaba sendo também a fonte de suas desgraças?

O intenso sentimento do meu coração pela natureza, sentimento que tanto me deliciava, transformando em paraíso o mundo à minha volta, tornou-se para mim um tormento intolerável, um espírito que me tortura e persegue por toda parte. Outrora, do alto de um rochedo, contemplando os vales férteis, desde o riacho até as colinas ao longe, eu via em torno de mim tudo germinando e brotando; quando eu olhava essas montanhas cobertas, da base ao cume, de árvores altas e frondosas, e os vales sinuosos sombreados de bosques deliciosos, o riacho que desliza suavemente entre os canaviais murmurantes, refletindo as nuvens que a suave brisa da tarde faz flutuar no céu; depois, quando eu ouvia os pássaros animar com os seus cantos a floresta inteira, e a infinidade de enxame de mosquitos dançando alegremente no último raio do sol, cujo olhar de adeus, rápido como um relâmpago, libertava da prisão, entre as ervas, um escaravelho que zumbia; quando os ruídos e o movimento confuso em torno despertavam a minha atenção para o musgo que extrai o seu alimento da pedra dura, para a giesta que cresce na encosta arenosa da colina, e tudo isso me revelava a vida interior ardente e sagrada da natureza — e como tudo isso invadia o meu coração ardente! Era como se eu, de algum modo, me tornasse um Deus pela plenitude de emoção que transbordava de mim, e as magníficas imagens do mundo infinito, agitando-se em minha alma, enchendo-na de uma vida nova. Via-me cercado de montanhas gigantescas; abismos surgiam diante de mim, de onde despencavam as torrentes formadas pelas chuvas das tempestades. Embaixo, os rios rolavam suas ondas impetuosas, as florestas e as montanhas estremeciam. Eu via todas as forças insondáveis da natureza agirem umas sobre as outras, e juntas se fecundarem nas profundezas da terra; e então inúmeras espécies de seres eu via pulular entre o céu e a terra. Tudo se povoava de milhares de formas diferentes, e os homens se reuniam nas cabanas; depois, construíam suas casas definitivas, passando a reinar sobre o mundo inteiro. Pobres infelizes! Pensam que todas as coisas são pequenas porque eles próprios são assim? Desde as montanhas inacessíveis, para além do deserto em que nenhum ser humano pisou, até a extremidade do oceano desconhecido, sopra o espírito daquele que cria, incessantemente, e rejubila-se a cada átomo de pó vivificado graças à sua palavra! Ah! Quantas vezes, então, ardentemente desejei deixar-me arrebatar, nas asas do grou que passava por mim, rumo às margens desse mar que homem nenhum conseguiu medir, para beber, na taça espumante do infinito, a vida embriagadora que enche o coração, para sentir, um só momento, fraco e limitado como sou, correr em mim uma gota da glória do Ser que produz todas as coisas em si e por si!

Irmão, só a lembrança daquele momento basta para me fazer feliz! O próprio esforço feito para exprimir e reviver em mim essas sensações inenarráveis faz com que minha alma a si mesma se supere, mas a seguir obriga-me a sentir duplamente o horror da minha situação atual.

É como se um véu que se tivesse rasgado diante de minha alma e o espetáculo da vida infinita se transformasse em um túmulo eternamente escancarado diante de mim. Você pode afirmar "é isso!", quando tudo passa, rola e desaparece como um clarão; quando a energia de um ser dura tão pouco; quando, ai de mim, absorvido pela corrente, esse mesmo ser vai quebrar-se contra os rochedos? Não há um momento que não devore a você e aos seus; não há um só instante em que você não seja, não tenha de ser um destruidor. Seu passeio mais inocente custa a vida a centenas de pobres vermezinhos. Com uma passada, arruína os edifícios penosamente erigidos pelas formigas, e empurra um pequeno mundo para o túmulo. Ah! As grandes e raras calamidades deste mundo, as inundações que arrasam as nossas aldeias, os tremores de terra que engolem as nossas cidades, nada disso me comove; o que me dilacera o coração é esta força destruidora oculta em toda a natureza, esta força que nada cria senão para destruir-se e, ao mesmo tempo, destruir o que a cerca. E é assim que caminho, vacilante e o coração oprimido, entre o céu e a terra com as suas forças sempre ativas, e nada mais vejo senão um monstro sempre esfomeado e devorador.

21 de agosto

Em vão estendo os braços para ela, ao raiar do dia, quando começo a despertar dos sonhos penosos; à noite, estirado sobre a minha cama, procuro-a, inutilmente, se a inocente ilusão de um sonho feliz faz-me acreditar que estou sentado junto dela, na campina, cobrindo de beijos a sua mão! Oh, quando, ainda cambaleando de sono eu a procuro a meu lado, tateando, e, ao fazê-lo, de repente acordo completamente, e então choro desolado, contemplando amargurado o sombrio futuro que me aguarda.

22 de agosto

Que desgraça, Wilhelm! Perdi toda a minha capacidade de criação, a qual cedeu lugar a um misto de indolência e agitação. Não posso ficar ocioso e, no entanto, nada posso fazer. Não tenho mais imaginação, nem sensibilidade pela natureza, e os livros só me inspiram tédio. Tudo nos falta quando faltamos a nós próprios. Juro que por mais de uma vez desejei ser um simples trabalhador do campo; assim, ao despertar, teria uma perspectiva para o dia que começa, uma necessidade que me impelisse e uma esperança. Muitas vezes invejo Albert, que vejo sempre enterrado até os olhos em seus papéis, imaginando o quanto ficaria feliz se estivesse em seu lugar! Por vezes já me veio a idéia de escrever a você e ao ministro, para solicitar o lugar na Embaixada, que não me será recusado, conforme você afirma. Não é de hoje que o ministro se mostra meu amigo; há muito tempo aconselha-me a seguir uma profissão qualquer. Penso nisso seriamente por alguns momentos, mas depois, quando torno a pensar e me lembro da fábula do cavalo cansado de ser livre, que se deixa arrear e que lhe ponham sela, e o cavaleiro cavalga até acabar com ele... e então, não sei mais o que fazer... Assim sendo, meu amigo, a aspiração que sinto de mudar de vida não será uma secreta inquietude, um mal-estar interior que me perseguirá por toda parte?

28 de agosto

Na verdade, se o meu mal fosse curável, essas boas criaturas tê-lo-iam conseguido. Sendo hoje dia do meu aniversário, pela manhã recebi um pequeno embrulho da parte de Albert. Abrindo-o, descobri logo um dos laços cor-de-rosa que Lotte trazia no corpete, quando a vi pela primeira vez e desde então venho lhe pedindo. Havia, ainda, dois volumes *in* 12ª, a edição portátil de *Homero*, de Wettstein, que tanto desejava para não mais carregar a de Ernst em meus passeios. Veja como eles vão ao encontro dos meus desejos, como procuram a ocasião para essas pequenas amabilidades de amizade, mil vezes mais preciosas do que os presentes suntuosos com os quais a vaidade do doador nos humilha. Beijo mil vezes o laço cor-de-rosa e, a todo momento, minha alma saboreia a lembrança das delícias que me cumularam naqueles poucos dias felizes, que passam e não voltam mais.

Wilhelm, tudo é assim e não tenho por que lastimar: as belas coisas da vida são aparições fugidias! Quantas delas desaparecem sem deixar vestígios! Quão poucas produzem frutos e, ainda assim, desses frutos, quão poucos chegam a amadurecer! E, não obstante, ainda há muitos deles por aí... Ah, meu amigo, podemos ver os frutos maduros e deixá-los apodrecer sem os saborear?

Adeus. O verão está magnífico. Subo sempre nas árvores do pomar de Lotte e, armado de uma longa vara, atinjo as pêras que se acham no alto. De pé junto do tronco, embaixo ela os pega, à medida que os vou colhendo.

30 de agosto

Infeliz! Você está louco? Por que procura enganar a si mesmo? Para onde vai levar essa paixão furiosa e sem limites?... Não posso dirigir minhas preces senão a ela; nenhuma outra imagem, a não ser a dela, está em minha mente, e o mundo que me cerca, só o percebo quando de algum modo se relaciona com ela. Só assim consigo ter horas felizes... até o momento em que é preciso que me afaste dela! Ah, Wilhelm, se você soubesse até onde me leva o coração! Quando fico junto dela duas ou três horas, alimentando-me da sua presença, das suas maneiras, da expressão celestial das suas palavras, pouco a pouco todos os meus sentidos se dilatam, meus olhos deixam de enxergar, mal consigo ouvir, sinto como se a mão de um assassino apertasse-me a garganta. Batendo desordenadamente, meu coração procura amenizar a angústia dos meus sentidos, mas apenas consegue aumentar a minha perturbação... Wilhelm, às vezes nem sei mais se estou vivo! E quando a tristeza acaba prevalecendo, e Lotte me concede o humilde conforto de desabafar chorando em suas mãos, então é preciso que eu me afaste, que saia e vá errar pelos campos, bem longe! Alegra-me, então, subir uma montanha íngreme, embrenhar-me através do bosque espesso, ferindo-me nas armadilhas de caça, dilacerando-me nos espinhos. Só então me sinto um pouco melhor! Um pouco, que digo eu? Quantas e quantas vezes, quando me deito no caminho, prostrado de fadiga e de sede, ou quando, alta noite, enquanto a lua resplende sobre a minha cabeça, sento-me sobre um tronco de árvore na floresta, para aliviar meus pés feridos, esmoreço na meia-luz do alvorecer e adormeço extenuado! Wilhelm, a permanência numa cela solitária, o cilício e o cinto de pontas de ferro são o consolo a que minha alma aspira!... Adeus! Só vejo um final para esta miséria: o túmulo.

3 de setembro

Preciso ir embora. Obrigado, Wilhelm, por haver tomado por mim uma decisão! Há quinze dias já que eu penso em afastar-me dela. Tenho de ir! Ela veio à cidade, ainda uma vez em visita a uma amiga. E Albert... eu... tenho de ir embora!

10 de setembro

Wilhelm, que noite! Agora vou superar tudo. Não a verei nunca mais! Oh! Não poder eu voar até você, meu bom amigo, e exprimir-lhe, com a minha emoção e torrentes de lágrimas, os sentimentos que agitam o meu coração! Sinto-me ofegante e procuro me acalmar; espero o amanhecer, porque os cavalos estarão ao romper do sol à minha espera.

Ah, ela dorme tranqüilamente, e não sabe que nunca mais me verá. Pude desvencilhar-me dela, tive força bastante para, durante uma conversa de duas horas, não revelar o meu desígnio. Ah, Deus do céu, que conversa!

Albert prometera-me que iria ao jardim com Lotte, depois da ceia. Fiquei no terraço, embaixo dos grandes castanheiros, contemplando pela última vez o sol a esconder-se atrás daquele vale encantador e daquele riacho tranqüilo. Quantas vezes lá estive ao lado dela para apreciar esse magnífico espetáculo! E agora... Ia e vinha naquela alameda que me é tão querida. Uma simpatia secreta me deteve muitas vezes por ali, antes mesmo de conhecer Lotte. E como ficamos alegres quando descobrimos, no início do nosso relacionamento, que tínhamos ambos predileção por aquele lugarzinho, que é, sem dúvida, um dos mais românticos criados pela arte. Descortina-se, através dos castanheiros, um panorama amplo. Lembro-me de haver, muitas vezes, descrito isto tudo nas minhas cartas: como, mais adiante, fica-se preso entre duas altas cercas; como a alameda se vai tornando cada vez mais sombria ao atravessar um pequeno bosque que a prolonga, terminando afinal num recanto que me provoca um sentimento de solidão. Sinto ainda a impressão em mim produzida ao entrar ali pela primeira vez, quando o sol ia alto. Experimentei, então, um vago pressentimento de alegria e dor.

Havia meia hora que eu estava mergulhado em pensamentos

doces e cruéis de separação, quando percebi que eles subiam para o terraço. Corri-lhes ao encontro, peguei, trêmulo, a mão de Lotte e a beijei. Acabamos de atingir o ponto mais elevado, no momento em que a lua surgia atrás da vegetação da colina. Conversando sobre muitas coisas, aproximamo-nos sem perceber do sombrio gabinete. Lotte entrou e sentou-se; Albert e eu nos colocamos junto dela; mas eu estava por demais agitado para ficar muito tempo no mesmo lugar. Levantei-me, postei-me diante dela, caminhei de um lado para outro e tornei a sentar-me. Sufocava-me uma imensa angústia. Lotte chamou nossa atenção para o belo efeito do luar que iluminava, em frente, o terraço inteiro, até a extremidade das cercas. Era um espetáculo magnífico, tanto mais porque, em redor, tudo estava mergulhado numa obscuridade quase completa. Emudecemos. Ao cabo de algum tempo, ela falou:

— Sempre que passeio à luz do luar, penso nos meus entes queridos que a morte levou, e a idéia da morte e da vida futura toma conta de mim. Renasceremos! — disse ela, com um tom da mais estranha sensibilidade. — Mas, Werther, nos tornaremos a encontrar? Reconhecer-nos-emos? Que pensa você de tudo isso?

— Lotte — respondi eu, estendendo-lhe a mão e com os olhos cheios de lágrimas —, nós nos reencontraremos! Sim, aqui ou lá, nós nos reencontraremos! — Não pude dizer mais nada... Wilhelm! por que me fez ela essa pergunta justamente no momento em que eu trazia o coração dilacerado pela angústia da separação?

E ela continuou:

— Os seres amados que nós perdemos, saberão eles alguma coisa sobre nós? Será que sentem quando estamos felizes e quando deles nos lembramos com grande amor? Oh! A imagem de minha mãe está sempre ao meu lado, nas noites em que me sento no meio dos seus filhos, que hoje são meus, que se juntam em torno de mim como se juntavam em torno dela! Então, olho para o céu com uma lágrima de pesar, desejando que ela possa ver, um minuto que seja, como eu cumpro a promessa que lhe fiz no seu derradeiro instante, de ser a mãe de seus filhos! Com que emoção exclamo: "Mãe querida, perdoe-me por não poder ser para eles aquilo que você foi! Mas, pobre de mim, faço o que posso: eles estão vestidos, alimentados e, o que é mais ainda, são acariciados e amados. Se você pudesse, alma querida, ver como somos unidos, você glorificaria a Deus, a quem suplicou, com suas derradeiras lágrimas, da maior amargura, pela felicidade de seus filhos!"

Tudo isso ela disse, Wilhelm! Oh! Quem poderá repeti-lo? Como poderá a letra fria e morta reproduzir aquelas divinas efusões do espírito? Albert interrompeu-a docemente:

— Você se emociona demais, Lotte querida; sei o quanto essas idéias lhe são caras, mas peço-lhe...

— Oh! Albert! — disse ela — Lembra-se das noites que passamos juntos, em volta da mesinha redonda, quando meu pai estava em viagem e tínhamos mandado as crianças dormir? Você trazia sempre um bom livro, mas raramente chegava a lê-lo. A companhia daquela alma admirável não era melhor do que tudo o mais? Que mulher! Tão bela, tão doce, tão alegre, e trabalhando sempre! Só Deus sabe quantas lágrimas derramei, ajoelhada diante dele, pedindo-lhe que me tornasse igual a ela!

— Lotte! — exclamei atirando-me aos seus pés, tomando-lhe a mão e molhando-a de lágrimas — Lotte, a bênção de Deus e o espírito de sua mãe pairam sobre você!

— Se você a tivesse conhecido! — respondeu-me ela, apertando-me a mão — Ela era digna de que você a conhecesse!

Senti-me desfalecer. Nunca ouvi palavras mais elevadas e gloriosas a meu respeito. Ela prosseguiu:

— E dizer que aquela mulher se foi na flor da idade, quando o seu filho mais novo não tinha ainda seis meses! A doença foi curta; ela mostrou-se calma e resignada. Só se preocupava com os filhos, principalmente o menor. Quando sentiu que o fim estava próximo, pediu-me: "Vá buscá-los!" Levei-os para junto dela. Os menores nada compreendiam; os mais velhos estavam consternados. Logo que os viu em torno do leito, ela ergueu as mãos e rogou a Deus por eles; depois beijou um por um, pediu que se retirassem e disse-me: "Minha filha, seja para eles uma segunda mãe!" Prometi-lhe que sim. Ela respondeu: "Você promete bastante, minha filha: coração de mãe, olhos de mãe. Vi muitas vezes em suas lágrimas de reconhecimento que você sabe o que é isso. Tenha tudo isso por seus irmãos e suas irmãs; tenha por seu pai o devotamento e a obediência de uma esposa. Console-o". Ela quis vê-lo; ele se havia retirado, para ocultar a dor que ia além de suas forças. Pobre homem, tinha o coração dilacerado. Você estava no quarto, Albert; ela ouvia passos, perguntou quem era, chamou você para junto dela. Olhou-nos longamente. Estava convencida de que seríamos felizes juntos.

Albert abraçou-a e beijou-a, exclamando: "Nós somos, nós seremos felizes!" Esse mesmo Albert, normalmente tão calmo, não era mais senhor de si; e, quanto a mim, já não sabia de mais nada.

— Werther — tornou ela —, uma mulher como aquela, perdida para sempre! Deus, quando penso como a gente perde o que tem de mais caro nesta vida! Ninguém sente isso tão vivamente como as crianças; as nossas lamentavam, ainda muito tempo depois, terem "os homens negros levado a nossa mamãe!"

Lotte levantou-se, e eu, como que despertando de um sonho, senti-me aturdido. Permaneci sentado, segurando ainda a sua mão.

— Vamos — disse ela — já está na hora de ir embora!

Ela quis retirar a mão, eu a apertei com mais força.

— Nós nos reencontraremos! — exclamei — Haveremos de nos encontrar de novo; de nos reconhecer, sob qualquer forma!... Vou partir, mas parto voluntariamente e, no entanto, se fosse preciso dizer "Para sempre!", não poderia suportá-lo. Adeus, Lotte, adeus Albert! Voltaremos a nos encontrar.

— Amanhã, acredito — replicou ela com um tom jovial.

O modo com que esse "amanhã" me amargurou! Ah! Ela não sabia que, ao retirar a sua mão da minha... Eles seguiram pela alameda; fiquei parado, ao luar, vendo-os se distanciarem. Então, atirando-me ao chão, esgotei as minhas lágrimas até que, de súbito, reerguendo-me precipitadamente, corri para a beira do terraço; dali, vi ainda o seu vestido branco brilhar à sombra das grandes tílias e atingir o portão do jardim. Estendi os braços e ele desapareceu.

LIVRO SEGUNDO

20 de outubro de 1771

Chegamos ontem aqui. O embaixador está indisposto e não deverá sair por alguns dias. Se ele tivesse um pouco mais de boa vontade, tudo estaria muito bem. Vejo perfeitamente que o destino me preparou duras provas. Mas coragem! Um temperamento adaptável tudo suporta... Um temperamento adaptável! Dou risada ao ver que essas palavras me surgiram do bico da pena. Oh, para mim, bastaria um pouquinho desse temperamento adaptável para fazer de mim o homem mais feliz sobre a face da terra. Como! Outros, com um pouco de força e talento, pavoneiam-se diante de mim, imbuídos de doce complacência para consigo próprios, e eu não confio nas minhas forças e nos meus dons? Deus do céu, que tantos dons me concedeu, por que não ficou com uma parte, concedendo-me em lugar deles, a confiança em mim mesmo e o contentamento de espírito?

Paciência, paciência! Tudo isso há de passar, porque reconheço, meu cero, que você tem razão. Depois que passei a conviver com esta turba, e a ver o que eles fazem e como fazem, vivo mais satisfeito comigo mesmo. De certo que é assim que sim, pois sendo da nossa índole compararmo-nos a todas as coisas e comparar todas as coisas conosco, a nossa felicidade ou desgraça dependem dos objetos desse confronto; de sorte que nada é mais perigoso para nós do que a solidão.

Nossa imaginação, inclinada por natureza a exaltar-se, e, ainda, excitada pela poesia, dá corpo a uma escala de seres onde ocupamos sempre um lugar o mais insignificante. Tudo o que está fora de nós parece mais belo, e todos os homens mais perfeitos do que nós. E isto é natural porque sentimos demasiado as nossas imperfeições, e os outros sempre parecem possuir precisamente aquilo que nos falta. Dese modo, nós lhes concedemos tudo quanto está em nós mesmos e, para coroar a obra, lhes atribuimos também certas qualidades ideais. E assim criamos nós mesmos um conjunto de perfeições, que por sua vez cria o nosso tormento.

Por outro lado, quando perseveramos em nossos próprios esforços, apesar da nossa fraqueza e dificuldades, avançamos muito mais que os outros, que remam e usam vela: é quando nos igualamos ou suplantamos os demais, que sentimos o nosso verdadeiro valor.

26 de novembro

Começo a me sentir um pouco melhor aqui. O melhor é que não falta o que fazer; além disso, a presença de tantas pessoas, tantas caras novas e diversas formam para mim um espetáculo colorido. Travei relações com o Conde de C., homem que me vejo obrigado a respeitar cada vez mais, pois trata-se de uma inteligência superior; possui um amplo conhecimento e é também sensível! O conde tomou-se de simpatia por mim quando fui tratar com ele de um negócio de que me encarregaram; sentiu, logo no início, que nos entenderíamos e podia conversar comigo como não pode fazê-lo com todo mundo. Muito me faz feliz a franqueza que ele usa comigo. Nenhuma alegria é comparável à de ver uma grande alma abrir-se para nós.

24 de dezembro

Como eu imaginava, o embaixador tem me causado muitos aborrecimentos. É o tolo mais esmerado que se conhece, avançando passo a passo, cheio de menúcias, como uma velha. Sempre insatisfeito consigo mesmo, ninguém poderá nunca satisfazê-lo. Gosto de trabalhar de uma vez, não retocando o que escrevo; pois bem, ele é capaz de devolver-me um memorando e dizer-me: "Está bom, mas é preciso revê-lo. Encontra-se sempre uma expressão melhor, uma partícula mais justa". Que vá para o diabo! Faz questão da mais insignificante vírgula, nenhuma conjunção pode ser omitida, e é inimigo de morte de toda e qualquer inversão — o que freqüentemente me escapa. Se uma frase não seguir o ritmo tradicional, ele não consegue entender absolutamente nada. É uma tortura trabalhar com um homem assim.

A única coisa que me compensa é a confiança do Conde de C. Disse-me, há poucos dias, francamente, o quanto lhe desagradam a lentidão e a irresolução do embaixador. Disse o Conde:

— Essas pessoas tornam a vida desagradável para eles próprios e para os outros. Mas é preciso resignar-se a isso como o viajante que se vê obrigado a atravessar uma montanha. É verdade que o caminho seria mais curto e fácil se a montanha não estivesse ali; mas ela está e é preciso seguir viagem.

O velho pedante já notou a preferência com que o Conde me distingue e, despeitado, aproveita todas as ocasiões para me falar mal do conde. Naturalmente, eu tomo o partido deste último e isto só piora as coisas. Ontem mesmo, ele acabou por me tirar do sério, pois ao falar do Conde, fêz-me uma referência indireta. Disse que o conde possui, sem dúvida, aptidões para a diplomacia, é hábil e maneja bem a pena, faltando-lhe, porém, uma sólida erudição, como acontece aos espíritos brilhantes. E dizia tudo isso com um ar que queria dizer: "Dói-lhe esta alfinetada?" Mas ele não me atingiu. Senti desprezo por aquele homem capaz de pensar e agir desse modo. Enfrentei-o com obstinação, incisivamente, retorquindo-lhe que o conde é um homem digno de toda estima, tanto pelo seu caráter quanto pelos seus conhecimentos. E acrescentei:

— Não conheço ninguém que tenha conseguido, como ele conseguiu, enriquecer o espírito abrangendo uma vastidão de assuntos, mantendo-se, contudo, perfeitamente integrado na vida ativa.

Mas tudo isso era grego para ele; despedi-me logo, a fim de que ele não prosseguisse em seus demorados raciocínios.

A culpa é de todos vocês, que, por meio de palavras, me fizeram aceitar esse jugo, pregando-me constantemente a necessidade de uma vida ativa! Vida ativa!... Se aquele que planta suas batatas e vai, a cavalo, vendê-las à vila trabalha mais do que eu, quero fatigar-me bastante, remando ainda dez anos nesta galera onde estou acorrentado!

E esta miséria dourada, e o tédio que se experimenta em meio dessas pessoas rudes que existem por aqui, que disputam posição social, e ficam o tempo todo a espreita para conseguirem ficar a frente do outro. As paixões mais mesquinhas e miseráveis por aqui se mostram sem véu! Quer um exemplo? Há aqui uma mulher que fala tanto da sua nobreza e das suas terras a todo mundo, que quem não a conhece deve pensar: "É uma perfeita boboca embriagada pelo seu nascimento e pela fama de suas propriedades!" Mas não é nada disso. Eessa mulher é apenas a filha do tabelião daqui das redondezas! Não consigo entender que a espécie humana, que é tão destituída de senso para desonrar-se com essas baixezas.

Na verdade, meu caro, cada dia compreendo melhor quão insensato é vivermos a julgar os outros por nós mesmos. De minha parte, tenho tanto que fazer para modificar-me a mim mesmo, tanto esforço tenho de fazer para acalmar as tempestades do meu coração!... Ah! de bom grado eu deixaria os outros fazerem o que lhes apraz, desde que me deixassem fazer o mesmo.

O que mais me irrita são as odiosas distinções sociais. Reconheço, melhor do que ninguém, a diferença de condições e as vantagens que a mim mesmo delas decorrem; gostaria, porém, que elas não me embaraçassem o caminho precisamente no ponto em que ainda me seria possível fruir na terra um pouco de prazer, um pequenino raio de felicidade.

Recentemente, em um passeio, conheci a Srta. de B., criatura amável e que conserva muita naturalidade em meio aos hábitos tão empertigados que imperam por aqui. Nossa conversa nos agradou mutuamente, e, ao nos despedirmos, pedi-lhe permissão para visitá-la. Ela acedeu com tanta franqueza, que aproveitei o primeiro momento que surgiu para ir vê-la. Devo dizer que ela não é daqui e está hospedada em casa de uma velha tia. Esta última não me agradou absolutamente; contudo, tive para com ela muitas atenções, dirigi-me sempre de preferência a ela e, em menos de meia hora, já havia compreendido o que a sobrinha me contou mais tarde: que a pobre tia se encontrava despojada de tudo em sua velhice, não possuindo fortuna nem espírito, não tendo em que apoiar-se a não ser a sua genealogia, outro refúgio a não ser a sua posição social, atrás da qual ela se entricheirava nem outro prazer senão o de olhar de alto a burguesia do alto da sua sacada. Parece que foi bela na juventude e que estragou, com uma série de loucuras, a sua existência. Começou por desgraçar com os seus caprichos vários jovens; depois, já mais madura, teve de humilhar-se ao jugo de um velho oficial que, em troca da sua obediência e de uma renda razoável, consentiu em passar junto dela a idade de bronze. Esse oficial morreu e, agora, tendo chegado à idade de ferro, ela se encontra inteiramente só e passaria despercebida, não fosse a sua sobrinha, tão amável.

8 de janeiro de 1772

Que pessoas são essas, cuja alma está inteiramente amarrada às formalidades, aplicando, durante anos, todos os seus pensamentos e esforços a imaginar um modo de ocupar um lugar melhor à mesa! E isso não quer dizer que não tenham mais em que se ocupar; ao contrário, o trabalho acumula-se precisamente porque um mundo de futilidades impede a marcha das questões importantes. Na última semana, surgiram várias querelas durante uma corrida de trenós, estragando completamente o passeio.

Esses tolos não vêem que a posição não tem a mínima importância, porque aquele mesmo que ocupa o primeiro lugar raramente desempenha o principal papel! Quantos reis são governados pelo seu ministro e quantos ministros são governados pelo seu secretário! Quem é então o primeiro? Ao que me parece, aquele que, vendo mais longe do que todos nós, é bastante poderoso ou bastante astuto para dirigir as nossas faculdades e as nossas paixões no sentido da realização dos seus planos.

20 de janeiro

Minha querida Lotte, é preciso que eu lhe escreva esta carta; faço-o em um pequeno albergue de campo onde procurei abrigo contra o mau tempo. Durante o longo período em que vaguei sem destino nesta tristonha e feia vila de D., em meio a este povo estranho, totalmente estranho ao meu coração, não tive um único momento em que o meu coração me impelisse a lhe escrever. Aqui, nesta cabana estreita e solitária onde a neve fustiga a pequena janela, o meu primeiro pensamento foi para você. Logo que entrei aqui, a sua imagem, a sua lembrança, Lotte, tomaram conta de mim, invadindo-me de uma santa e ardente emoção! Louvado seja Deus, pela primeira vez encontro um momento de felicidade!

Se me visse, minha amiga, naquele turbilhão de distrações! Se você pudesse ver como tudo em mim se tornou árido e seco! Nem por um só momento experimentei a plenitude do coração, nem uma hora de felicidade! Nada, nada! Pareceu-me que estava diante de um teatro de marionetes vendo desfilar os pequenos bonecos sobre os seus cavalinhos, e cheguei, por vezes, a perguntar-me se tudo aquilo não era uma miragem. Desempenho também o meu papel, ou melhor, deixo que me manobrem como se manobram os fantoches; às vezes, pego a mão de madeira do meu vizinho e recuo horrorizado. À noite, proponho-me gozar o raiar do sol, e acabo não saindo da cama; durante o dia, espero rejubilar-me com o luar e, afinal, permaneço no meu quarto. Não sei por que me levanto e nem porque vou dormir.

Falta-me o fermento que fazia levedar a minha vida, o encantamento que me despertava alta noite; aquilo que pela manhã me arrancava ao sono desapareceu.

Só encontrei aqui uma única criatura que merece o nome de mulher: é a Srta. de B. Ela se parece com você, minha querida Lotte, se é possível alguém parecer-se com você. "O que?!", dirá você, "deu ele agora para dizer lisonjas a meu respeito!" Não digo senão a pura verdade. Há algum tempo, tornei-me muito amável, não me sendo possível ser o contrário; mostro-me cheio de espírito e as senhoras dizem que ninguém é capaz de dizer coisas amáveis como eu (e mentir; porque um anda sempre junto do outro). Quero, porém, falar-lhe da Srta. de B. Ela tem uma bela alma que se reflete inteiramente nos seus olhos azuis. A sociedade em que vive é-lhe um fardo pesado, porque não satisfaz a nenhum dos desejos do seu coração. Ela aspira a sair desse tumulto, e nós passamos horas inteiras imaginando cenas campestres onde reina uma felicidade sem mácula; onde você vive, querida Lotte! Quantas vezes eu a obrigo a render homenagem a você! Mas não; ela faz isso espontaneamente e gosta muito de ouvir falar a seu respeito. Ela ama você.

Oh! se eu pudesse estar neste pequeno quarto tão aconchegante, rodeado por nossas queridíssimas crianças. E se eles se tornassem muito barulhentos, eu os reuniria em torno de mim, e contaria uma história bem fantástica e terrível.

O sol está se pondo, radioso, sobre a campina brilhante de neve; a tempestade dissipou-se e eu... Adeus! Albert está junto de você? Como?... Que Deus me perdoe essa pergunta!

8 de fevereiro

Há uma semana que faz um tempo abominável e isso me encanta, pois, desde que aqui cheguei, não houve um único belo dia que alguém não o tivesse envenenado ou transtornado. Já que chove, neva, gela e o gelo se derrete, digo a mim mesmo que não pode estar pior aqui dentro do que lá fora, ou vice-versa. E assim, me sinto melhor. Quando, pela manhã, o raiar do sol promete um belo tempo, não posso conter esta exclamação: "Eis ainda uma dádiva do céu que eles não podem arrancar uns aos outros!" Tudo serve de pretexto para se espoliarem: saúde, reputação, contentamento, repouso! Quase sempre é por estupidez, falta de julgamento, estreiteza de espírito, e, a dar-lhes crédito, fazem tudo isso com a melhor das intenções. Às vezes eu tenho vontade de pedir-lhes, de joelhos, que não rasguem as entranhas com tanta fúria.

17 de fevereiro

Receio que nós, eu e o embaixador, não continuaremos a trabalhar juntos por muito tempo. Esse homem é absolutamente insuportável. Seu modo de trabalhar e de conduzir os negócios é tão ridículo, que me vejo forçado a contrariá-lo e, quase sempre, a fazer as coisas do meu jeito. Isto, naturalmente, não o agrada. Recentemente se queixou a respeito da minha conduta à Corte; o ministro fez-me uma reprimenda, delicada, é verdade, mas em todo o caso, uma reprimenda. Estava, já, a ponto de pedir minha demissão quando recebo uma carta particular que me fez cair de joelhos ante o seu sentido elevado, justo e nobre *. Ele procura orientar a minha sensibilidade exaltada. Não procura destruir minhas idéias exageradas sobre a ação, o desejo de influir nos outros, a ambição de galgar um posto mais alto nos negócios públicos; e na verdade considera até tudo isso louvável num moço. Mas esforça-se em moderar e guiar essa energia numa direção proveitosa e de efeitos benéficos. Depois de oito dias, também me sinto mais forte e em paz comigo mesmo. Não há tesouro comparável à tranqüilidade da alma! Ah! meu caro amigo, é uma pena que essa jóia, tão bela e preciosa, seja tão frágil!

20 de fevereiro

Que Deus os abençoe, meus queridos amigos, e que Ele conceda a vocês os dias felizes que me recusa!

Albert, agradeço-lhe por me haver iludido. Esperava a comunicação do dia marcado para as suas núpcias e havia resolvido que, nesse dia, o retrato de Lotte seria solenemente retirado da parede e guardado com outros papéis. E agora, já casados, o retrato ainda está ali! E já que é assim, ali continuará! Por que não? Sei que vivo também junto de vós, e no coração de Lotte, sem que isso posse prejudicar você; sei, mesmo, que tenho ali o segundo lugar e quero, devo conservá-lo. Oh! ficaria furioso se ela viesse a me esquecer... Albert, esse pensamento é um inferno! Adeus, Albert!... Anjo do céu, adeus! Adeus, Lotte!

15 de março

Acabo de sofrer uma afronta que vai me fazer ir embora. Morro de raiva só de pensar nisso! Diabos! A coisa é irreparável, e vocês são os únicos culpados: me empurraram, instigaram, atormentaram, para obrigar-me a ocupar um posto que não me convinha. E a conseqüência é essa! E não me venham dizer que foram as minhas idéias extravagantes que estragaram tudo! Eis, caro senhor, um relato simples e preciso, tal como o faria um cronista.

O Conde de C. estima-me e trata-me de forma especial. Todos sabem disso, e já o disse cem vezes. Ontem jantei na casa dele, exatamente no dia em que se reúnem lá, para passar a noite, os senhores e as damas da nobreza. Não pensei nisso, e mais nem sequer me ocorreu que nós, os subalternos, não fizéssemos parte daquilo. Muito bem; jantei com o conde e, ao deixar a mesa, fomos passear pelo salão. Eu conversava com o conde e o Coronel B., que naquele ínterim havia chegado. Aproximava-se a hora da reunião e, eu, só Deus sabe não sabia de nada! Nisso aparece a imensa e soberba Sra. de S., acompanhada do senhor seu marido e da cretina filha de peito achatado e cintura fina, graças ao corpete. Passam por mim olhando de alto, desdenhosamente. Como não aprecio essa espécie de gente, fui despedir-me e estava à espera do momento em que o conde se desvencilhasse da conversa vazia de tais pessoas, quando apareceu a Srta. de B. Quando a vejo, sinto sempre o coração um pouco alvoroçado.

Resolvi demorar-me, então, colocando-me atrás da sua cadeira, mas só depois de algum tempo notei que não me falava com a sua habitual franqueza, mas com um ar um tanto embaraçado. Fiquei surpreendido: "Será, então, que ela é como toda essa gente?", pensei. Ofendido, resolvi ir embora, contudo não saí imediatamente, porque queria justificá-la, porque me supunha enganado, porque esperava ainda receber dela uma palavra amável... Enquanto isso o salão foi se enchendo. O Barão F., envergando todo um guarda-roupa do tempo da coroação do Imperador Francisco I, o Conselheiro Áulico R. (chaman-no, aqui, em respeito pelas suas funções, Sr. de R.), acompanhado de sua surda esposa, etc., sem faltar o J. tão ridiculamente vestido, e que costuma remendar os furos do seu traje antiquado por meio de retalhos da última moda. E o salão cada vez mais repleto. Abstraindo-me dessa gente, dirigi minha atenção para a Srta. de B. Nem sequer notei que as damas sentadas, na outra extremidade do salão falavam uma na orelha da outra, que esses cochichos circulavam entre os cavalheiros, que a Sra. de S... entretinha-se com o conde; foi a Srta. de B. quem, mais tarde, me contou tudo isso. Afinal, o conde dirigiu-se a mim e levou-me para o vão de uma janela, dizendo-me:

— Você conhece os nossos costumes. Parece-me que a sociedade se mostra descontente em razão de sua presença. Não quero, de modo nenhum...

— Excelência — interrompi eu —, peço-lhe mil desculpas. Devia ter pensado logo nisso, mas estou certo de que Vossa Excelência me há de perdoar. Tive intenção de me retirar imediatamente, mas um gênio mal me reteve aqui — acrescentei, sorrindo e inclinando-me.

O conde apertou-me a mão com uma emoção que dizia tudo. Suavemente afastei-me daquela ilustre companhia, tomei o cabriolé e mandei que tocasse para M., a fim de assistir, do alto da colina, ao pôr-do-sol, lendo no meu Homero o canto magnífico no qual Ulisses é hospedado pelo digno guardador de porcos. Até ali, tudo foi muito bem.

Voltei à noite para cear. Na sala do hotel, havia apenas algumas pessoas que jogavam dados em um canto da mesa. Daí chegou o correto Adelin; olhando para mim o tempo todo, ele dependurou o chapéu, veio até mim, e medisse baixinho:

— Você teve algum contratempo?

— Eu?

— O conde não pediu a você que se retirasse do salão?

— Que o salão vá para o diabo! — exclamei. — Foi melhor ir tomar um pouco de ar.

— Tanto melhor se você não deu importância ao caso; mas o que me aborrece é que todo mundo já sabe disso.

Só então comecei a me sentir atingido pelo incidente. Cada vez que alguém, chegando para a ceia, olhava para mim, eu pensava: "É porque estão sabendo do que aconteceu", e isso me ferveu o sangue. E agora, onde quer que eu vá, as pessoas têm pena de mim; e os invejosos triunfam; dizem que é isso mesmo o que acontece aos presunçosos, que, envaidecidos de ter um pouquinho a mais de espírito, julgam por isso estar acima das regras, da etiqueta; e outras bobagens que tais. Dá vontade de enterrar um punhal no coração. Digam o que quiserem sobre a independência: gostaria, no entanto, de ver alguém capaz de ouvir, sem dar importância, o que dizem os patifes a seu respeito. Quando o que eles dizem não passa de conversa sem fundamento, ah, por que dar importância?

16 de março

Tudo conspira contra mim. Hoje, encontrando a Srta. de B. na alameda onde costumo fazer o meu passeio, não me contive e abordei-a, e assim que estávamos afastados das outras pessoas, disse-lhe o quanto me havia magoado a sua conduta de outro dia.

— Oh! Werther! — respondeu ela com uma voz profundamente emocionada. — Então foi assim que você interpretou o meu embaraço daquela noite? Quanto eu sofri por sua causa desde o momento em que entrei na sala! Previ tudo quanto aconteceu e estive, várias vezes, com as palavras nos lábios para lhe avisar a respeito. Eu sabia que as senhoras de S. e de T., bem como os seus maridos, teriam preferido retirar-se a permanecer em sua companhia; sabia que o conde não iria sequer se indispor com essa gente. E agora, todo esse alvoroço!

— Como assim senhorita? — perguntei, tentando esconder a minha perturbação, pois ainda me ferve o sangue nas veias, ao lembrar o que Adelin me disse anteontem.

— Se você soubesse o que isso me tem custado! — continuou a amável Srta. de B., com as lágrimas nos olhos.

Quase que perdi o controle, a ponto de atirar-me aos pés daquela excelente criatura:

— Conte tudo, por favor! — clamei.

As lágrimas corriam-lhe nas faces. Eu estava fora de mim. Ela as enxugou, sem tentar disfarçá-las.

— Você conhece a minha tia, que assistiu a tudo e oh!, com que olhos! Werther, ontem à noite e ainda esta manhã, ela me fez um sermão por causa da minha amizade por você. Tive que ouvir o senhor ser destratado e humilhado, sem ao menos poder defendê-lo!

Cada uma das suas palavras atravessava o meu coração como uma punhalada. Ela não sentiu que seria mais caridoso esconder-me tudo aquilo, e continuou contar, como certas pessoas se mostram triunfantes, como há quem ri e se alegra por me ver punido pela atitude presumida e desdenhosa que há muito me vinham censurando. Ah, meu amigo, ouvir tudo isso daquela boca, e no tom da mais sincera simpatia!... Fiquei transtornado e ainda estou furioso. Queria que alguém ousasse repetir-me tudo isso para atravessar-lhe a minha espada de lado a lado, porque se eu visse sangue, talvez me acalmasse. Oh! cem vezes já peguei do punhal para livrar meu coração do peso que o esmaga. Conta-se que há uma nobre raça de cavalos que, perseguidos, quando se vêem demasiadamente encurralados têm o instinto de abrir uma veia com os dentes para facilitar a respiração. Muitas vezes sinto vontade de fazer o mesmo: abrir uma veia e conquistar assim, para sempre, a liberdade.

24 de março

Pedi minha demissão à Corte. Espero que ela seja aceita, e você há de perdoar-me não haver previamente solicitado a sua permissão. É preciso que eu parta. Sei tudo quanto você tem a dizer para persuadir-me a ficar; por isso...

Ao dar essa notícia desagradável à minha mãe, procure, por favor, fazê-lo de forma mais suave. Nada posso fazer em meu benefício, e é preciso que ela aceite que nada posso fazer em benefício dela. Bem sei que isto lhe será doloroso. Ver seu filho parar a carreira que deveria levá-lo ao Conselho Privado ou a uma Embaixada, voltando à estaca zero!

Pense você o que quiser, calcule todas as maneiras que me permitiria voltar atrás; agora é tarde e eu devo partir. Para que você saiba aonde eu vou, informo-lhe que o Príncipe de * — que aprecia muito a minha companhia — está aqui, e assim que soube da minha resolução, pediu-me que fosse com ele passar a primavera em suas terras. Prometeu-me que lá ficarei inteiramente à vontade; e, como nós nos entendemos um pouco, vou arriscar a sorte.

29 de abril

Agradeço-lhe as duas cartas. Não respondi porque adiei a remessa desta até receber da Corte a minha exoneração. Temi que minha mãe se dirigisse ao ministro, criando obstáculos ao meu propósito. Eis, porém, que tudo está consumado, a exoneração chegou! Não quero lhe dizer com que má vontade me foi ela concedida, nem o que foi que o ministro me escreveu, pois vocês seriam capazes de explodir. O príncipe herdeiro, como lembrança, enviou-me 25 ducados acompanhados de algumas palavras que me comoveram até as lágrimas. Não preciso mais, portanto do dinheiro que, na última carta, pedi à minha mãe.

5 de maio

Parto amanhã. Como a minha terra natal está apenas a seis milhas do caminho por onde seguirei, quero tornar a vê-la e recordar os dias felizes que se desvaneceram como um sonho. Entrarei pela mesma porta por onde saí de carro com a minha mãe, quando, depois da morte de meu pai, ela abandonou aquele lugar tão bonito e querido, para encerrar-se nesta cidade insuportável. Adeus, Wilhelm, mandarei notícias de minha viagem.

9 de maio

Fiz a minha peregrinação ao lugar onde nasci com a mesma devoção de um peregrino, e vi-me invadido por sentimentos inesperados. Perto da grande tília, a um quarto de légua da cidade, na direção de S., mandei parar o carro, dispensei o cocheiro e segui a pé a fim de saborear cada impressão, renovar cada lembrança, deixando-me guiar pelo coração. Parei, entnao, embaixo da tília que fora, na minha infância, o alvo e o termo de meus passeios. Como tudo está mudado! Naqueles tempos, na minha feliz ignorância, desejava lançar-me neste mundo desconhecido esperando dar ao meu coração muitas alegrias para preencher e satisfazer até o limite os seus impacientes desejos! Eis-me agora regressando deste vasto mundo... Oh, meu amigo, quantas esperanças perdidas e quantos projetos malogrados! Vejo diante de mim as montanhas para as quais tantas vezes me senti atraído! Ficava ali durante horas, na minha imaginação eu me transportava para longe, toda minha alma se perdia naquelas florestas, naqueles vales que de longe me seduziam, pareciam me sorrir envoltos em seus véus vaporosos. E quando tinha de regressar a casa, com que tristeza eu me afastava daquele lugar querido!

Encaminhei-me para acidade, saudando todas as casinhas e jardins que reconhecia. Os novos me desagradam, e também as alterações que observei. Transpus a entrada da cidade e encontrei-me comigo mesmo plenamente. Meu caro Wilhelm, não quero nem devo entrar em maiores pormenores, que seriam monótonos nesta narrativa, embora cheios de encanto para mim. Resolvi hospedar-me na praça do Mercado, perto da nossa antiga casa. Ao chegar ali, notei que a sala da escola, onde uma boa senhora nos reunia, em nossa infância, havia sido convertida numa mercearia. Recordei as inquietações, as lágrimas, a melancolia, os apertos de coração que suportei naquele buraco... Não dava um passo sem encontrar qualquer coisa que me chamasse a atenção. Um peregrino, na Terra Santa, não encontraria tantos lugares sagrados pelas piedosas lembranças, e sua alma não se encheria de tantas e tão santas emoções...

Ainda um exemplo entre tantos: desci o rio, até uma certa propriedade, onde muitas vezes eu ia outrora, e pude rever o local onde disputava, com os outros garotos, para ver quem fazia maior número de círculos na água, atirando pedras. Lembrei-me nitidamente das horas que ali passei vendo correr a água, acompanhando-a com extraordinárias conjeturas, imaginando coisas maravilhosas acerca das regiões para as quais ela ia seguir... Logo minha imaginação encontrava limites, mas não consegui parar, e logo ia mais longe ainda, até se perder na contemplação do horizonte infinito. Vê, meu amigo? Nossos antepassados não sabiam muito, porém eram mais felizes. havia algo de grandioso em sua ingenuidade infantil. Quando Ulisses fala do mar incomensurável e da terra sem fronteiras, como essas palavras são verdadeiras, humanas, profundas, misteriosas! De que me serve poder dizer hoje, com os meninos da escola, que a terra é redonda? Para ser feliz, poucas glebas bastam ao homem, e menos ainda é preciso para repousar os restos.

Estou neste momento, no castelo de caça do príncipe. É possível conviver muito bem com esse senhor, homem sincero e simples, embora o veja cercado de gente que me parece um tanto esquisita e não chego a compreender. Não parecem canalhas, mas também não posso dizer que pareçam honestas. Há dias em que me parecem pessoas corretas e, no entanto, não consigo confiar nelas. O que me incomoda em tudo isso é que o príncipe fala sempre de coisas que só conhece por ouvir dizer, ou por leituras, mas adotando exatamente o ponto de vista que lhe foi apresentado.

De resto, ele gosta mais da minha inteligência e dos meus talentos do que do meu coração, o qual, todavia, é a única coisa de que me envaideço: fonte da minha força, da minha felicidade e de todo o meu sofrimento. Ah! o que eu sei, todos podem saber; meu coração, porém, só a mim pertence.

25 de maio

Estou com uma idéia na cabeça que não queria transmitir a você enquanto não estivesse realizada. Mas agora que se revelou impossível, vou dizer: há muito tempo era o desejo do meu coração, motivo por que acompanhei o príncipe, que é general ao serviço de *. Durante um passeio, revelei-lhe o meu desígnio e ele desaconselhou-me. Teria sido preciso que se tratasse de uma verdadeira paixão, e não de um capricho, para que eu deixasse de ouvir as suas razões.

11 de julho

Diga que quiser: não posso permanecer aqui, onde nada tenho a fazer e o tempo não passa. O príncipe trata-me o melhor possível, mas não me sinto à vontade. No fundo, eu e ele nada temos em comum. É um homem inteligente, mas de uma inteligência completamente vulgar; e sua conversa não chega a interessar-me mais do que a leitura de um bom livro. Ficarei por mais oito dias e, depois prosseguirei vagando por aí. A coisa melhor que fiz por aqui foi desenhar. O príncipe não é destituído de sensibilidade à arte, contudo essa sensibilidade seria ainda maior se ele não fosse tão limitada às fórmulas científicas e aos termos consagrados. Às vezes fico enfurecido quando me entusiasmo e procuro fazê-lo sentir a natureza e levá-lo até a arte — e ele, de repente, solta na conversa um daqueles termos científicos despropositados.

16 de julho

É verdade: sou apenas um viajante, um peregrino sobre a terra! Será você algo mais do que isso?

18 de julho

Para onde pretendo ir? Vou dizer-lhe muito confidencialmente: tenho de ficar aqui ainda uns quinze dias; depois, pensei em visitar as Minas de *. Mas, no fundo, não é nada disso: o que eu quero mesmo é aproximar-me de Lotte, eis tudo.

Rio-me do meu coração... e só faço o que ele quer.

29 de julho

Não. Para onde pretendo ir! Eu, seu marido! Oh, Deus que me criastes, se tivesse me concedido essa felicidade, toda a minha vida seria uma oração contínua! Não quero ir contra a sua vontade; perdoe-me estas lágrimas, perdoe-me estes desejos inúteis!... Ela, minha esposa?! Se eu pudess eestreitar nos meus braços o ser mais adorável da terra! Wilhelm, todo o meu corpo estremece quando o braço de Albert envolve seu corpo esbelto.

Será que eu deveria dizer isso? Por que não, Wilhelm? Ela teria sido mais feliz comigo do que com ele! Oh! ele não é o homem capaz de satisfazer todos os desejos do seu coração! Falta-lhe uma certa sensibilidade, falta-lhe... Pense o que você quiser... Falta-lhe aquilo que faz com que nossos corações batam em certas passagens do livro favorito, em perfeita sintonia. Coisa que sempre acontecia com Lotte e comigo, e em inúmeras outras circunstâncias, quando sucede de manifestarmos nossos sentimentos a respeito de alguém ou de um fato. Querido Wilhelm... É verdade que ele a ama de todo coração, e quem aliás não lhe tributaria esse mesmo amor?

Uma pessoa importante me interrompeu. Minhas lágrimas secaram e consegui distrair-me. Adeus, caro amigo!

4 de agosto

Não é só comigo que essas coisas acontecem. Todos os homens sofrem desilusões em suas esperanças, iludidos nessas expectativas.

Fui visitar a boa senhora da tília. O mais velho dos meninos correu ao meu encontro e seus gritos de alegria atraíram sua mãe, que me pareceu muito abatida. Suas primeiras palavras foram:

— Ah! Meu bom senhor, o meu Hans morreu!

Era o seu filho mais novo. Fiquei calado e ela prosseguiu:

— E meu marido voltou da Suíça sem nada. Se não fosse pela ajuda de algumas pessoas caridosas, ele teria sido obrigado a pedir esmolas, pois a febre o atacou na viagem.

Não consegui dizer nada. Fiz um presente à criança, e a pobre mulher pediu-me que aceitasse algumas maçãs. Despedi-me e deixei aquele lugar cheio de lembranças tristes.

21 de agosto

Num abrir e fechar de olhos, tudo mudou em mim. Por vezes um doce raio de vida volta a brilhar, mas — ah! — não dura muito tempo! Quando mergulho, assim, nos meus sonhos, não consigo evitar esta idéia: "Que aconteceria se Albert morresse? Você seria... Sim, ela seria..." E então persigo essa fantasia até que ela me conduza a abismos, e estremeço e recuo.

Se saio da cidade, e me deparo com aquele caminho que percorri pela primeira vez, para levar Lotte ao baile, penso como tudo está transformado! Tudo, tudo desapareceu! Nenhum sinal subsiste daquele mundo que passou, nenhum pulsar de coração que renove em mim o que eu sentia então! Sinto o que sentiria um espírito ao ver em ruínas o palácio que habitou quando era um soberano poderoso, palácio que ornamentara de toda magnificência e, ao morrer, havia deixado, cheio de esperança, ao filho querido.

3 de setembro

Às vezes não compreendo que possa outro amá-la, que ouse amá-la, quando eu, somente eu, a amava, de um amor tão ardente, tão completo! Quando não conheço ninguém, nada sei, não tenho a não ser Lotte!

4 de setembro

Sim, é isso mesmo! Assim como, a natureza pende para o outono, também o outono começa em mim e em torno de mim. As folhas da minha alma vão amarelecendo, enquanto as folhas da árvores vizinhas caem.

Não contei a você, um dia, logo que cheguei aqui, do encontro com um jovem camponês? Agora, ao perguntar sobre ele, em Wahlheim, disseram-me que foi despedido do emprego, e ninguém quis falar mais nada a seu respeito. Ontem, encontrei-o por acaso na estrada de um outro vilarejo, abordei-o e ele contou-me sua história, que me impressionou de tal maneira, que você vai entender. Mas, que importa a você tudo isso? Por que não guardo comigo o que me inquieta e entristece? Por que afligi-lo também, fornecendo-lhe constantemente motivo de me lastimar e repreender?... Ah, que seja. Também isso deve fazer parte do meu destino.

A princípio, o moço respondeu às minhas perguntas com uma resignada melancolia, na qual adivinhei um pouco de vergonha. Depois, saindo da sua reserva, como se despertasse de repente e me reconhecesse (e a si mesmo também), confessou-me os seus erros e narrou-me a sua desgraça. Se eu pudesse, meu amigo, reproduzir-lhe cada uma das palavras! Contou-me ele, ao que parece encontrando certa alegria e satisfação em recordar-se de tudo, que a paixão pela dona da casa aumentava, dia após dia, de sorte que, no fim, já não sabia mais, para repetir suas próprias palavras, onde tinha a cabeça. Não podia mais comer, nem beber, nem dormir, fazia tudo ao contrário e esquecia o que lhe ordenavam. Parecia possuído de algum mau espírito. Até que um dia, sabendo que ela se achava num quarto do andar superior, foi procurá-la, ou melhor, foi como que atraído para ela. Ao ser recusado, quis violentá-la. Não sabe como isso aconteceu. Toma Deus como testemunha de suas intenções honestas: o que desejava, e desejava-o ardentemente; era desposá-la e passar com ela o resto da vida. Depois de falar algum tempo, calou-se subitamente como um homem que tem ainda alguma coisa a dizer, mas não ousa. Por fim, confessou-me com a mesma timidez as pequenas liberdades que ela lhe permitiu e a intimidade que acabou por se instalar entre eles. Por duas ou três vezes ele se interrompeu, protestando vivamente que não pretendia fazer mal a ela, e o que estava dizendo não era para a difamar, que a ama e estima como antes, que nada do que me contou havia contado a ninguém, que me dissera tudo para convencer-me que de modo algum é um homem pervertido ou insensato... E, neste ponto, meu amigo, volto à minha cantiga, que nunca vou deixar de cantar: lamento não poder pintar esse homem de modo como o vi diante de mim, da forma como o vejo ainda! Que pena não poder exprimir tudo o que me contou aquele moço, para que você possa sentir como compartilho, como devo compartilhar da sua sorte! Mas fiquemos por aqui! Você conhece a minha sina, como também sabe muito bem como eu sou; você conhece perfeitamente o que me atrai em todos os infelizes, e nesse infeliz em particular.

Relendo esta página, vejo que me esqueci de contar o fim da história que, aliás, não é difícil de imaginar. A mulher defendeu-se, o irmão correu em seu socorro. Este odiava o rapaz e desejava vê-lo bem longe dali, temendo que a irmã, por um segundo casamento, tirasse a herança dos seus filhos, uma vez que a viúva não tinha filhos. Não só expulsou o rapaz imediatamente, como fez um tal escândalo sobre o caso que a viúva não poderia, mesmo que quisesse, readmiti-lo no trabalho.

Ela agora tem um novo empregado, que, dizem, também dá motivos de briga entre a viúva e o irmão. Garante-se que eles vão se casar. Mas o rapaz me disse que isso não irá acontecer enquanto ele viver.

Nada do que contei contém exagero nem fantasia. Penso até que meu relato foi bastante débil, e eu o transformei em algo grosseiro, ao usar de expressões consagradas em nossa linguagem polida etradicional.

Desse modo, esse amor, essa fidelidade, essa paixão, estão longe de ser uma ficção poética! O amor existe e palpita em sua grande pureza entre os homens da classe que nós chamamos inculta e rude. Nós, as pessoas cultivadas... e reduzidas a nada pela cultura! Leia essa história com toda a devoção, peço-lhe. Sinto-me hoje tranqüilo, por havê-la escrito; repare que a minha letra não está desordenada e cheia de borrões, como habitualmente. Leia, meu caro Wilhelm, e pense, lendo isto, que é a história do seu amigo! Sim, eis o que me aconteceu e o que me acontecerá, e não sou, sequer por sonhos, tão honesto e tão decidido como esse pobre coitado, com o qual quase não ouso comparar-me.

5 de setembro

Ela acabava de escrever ao marido, retido no campo, onde trata de uns negócios O bilhete começava assim: "Meu querido, meu queridíssimo amigo, venha logo que puder! Eu o espero repleta de alegria" Então chegou um amigo, trazendo o recado de que Albert ainda se demoraria por algum tempo. O bilhete não foi enviado e, à noite, caiu-me nas mãos. Li aquelas palavras e sorri; ela perguntou-me por que. Eu disse:

— Que dom divino é a imaginação! Por alguns momentos me pareceu que essas palavras tinham sido dirigidas a mim!

Ela nada mais disse e pareceu não ter gostado daquilo. Calei-me.

6 de setembro

Custou-me muito a decisão de não mais usar o fraque azul que usava quando dancei pela primeira vez com Lotte, em razão de estar muito gasto. Mandei, porém, fazer outro exatamente igual, mesma gola, mesmo forro, bem como o colete e calções amarelos.

Entretanto, não achei que produziram o mesmo efeito. Não sei. Espero que com o tempo eu acabe gostando desta roupa como gostava da outra.

12 de setembro

Ela esteve ausente, por alguns dias, para buscar Albert. Hoje, entrei em seu quarto e ela veio ao meu encontro e beijei-lhe a mão cheio de contentamento.

Um canário, voou do espelho, e veio pousar no seu ombro.

— Um novo amigo! — disse-me, fazendo-o pousar na palma da mão. — É para as crianças. Veja como é lindo! Quando lhe dou migalhas de pão, dá umas bicadinhas com tanta graça, batendo as asas! Também me beija, observe.

Ela ofereceu a boca e o canário insinuou-se delicadamente entre seus lábios sedutores, como que experimentando uma ternura infinita.

— Vai beijar você também — disse-me estendendo-me o canário. O biquinho da ave, passou da sua para a minha boca, e as bicadas deram-me a sensação de um sopro, parecido com um presságio de prazer amoroso.

— O beijo dele — disse eu — não é de todo desinteressado; ele está à procura de alimento, e essa carícia inútil vai desapontá-lo.

— Ele também come na minha boca.

E, ofereceu-lhes os lábios nos quais pusera algumas migalhas de pão — lábios onde havia todas as delícias do amor feliz, da ternura inocente.

Virei a cabeça para não ver aquilo. Ela não devia ter feito isso, incendiando a minha imaginação com taquelas imagens de candura e felicidade celestial, despertando meu coração do sono muitas vezes embalado pela indiferença da vida. E por que não havia de fazê-lo. Confia em mim e sabe que a amo!

15 de setembro

Wilhelm, é terrível saber que há gente incapaz de compreender e sentir as pequenas coisas que ainda têm valor sobre a terra. Você conhece as nogueiras sob as quais eu sentava ao lado de Lotte, na casa do digno pastor de St., nogueiras magníficas, que enchem minha alma de contentamento. Que enorme sensação de bem-estar e frescor elas transmitem ao meu coração! Que galhos soberbos! E é preciso notar que suas recordações remontam aos bons pastores que as plantaram há tantos anos. O mestre-escola muitas vezes nos disse o nome de um deles, nome que lhe foi transmitido pelo avô. Deve ter sido um excelente homem e, a sua memória, eu a venero quando estou embaixo dessas árvores.

Pois, ontem, o mestre-escola tinha os olhos cheios de lágrimas, ao me contar que as nogueiras foram abatidas. Abatidas! Fiquei furioso, seria capaz de matar o animal que deu a primeira machadada. Se houvesse no meu pátio duas árvores como aquelas, e eu a visse morrer de velhice, a minha tristeza não seria menor, quanto mais...

Querido amigo, uma coisa, pelo menos, me consola. Veja o que é a sensibilidade humana: a aldeia inteira está comentando, e eu torço para que a esposa do pastor, pelos donativos em manteiga, ovos e outros gêneros, sinta como feriu a gente da sua paróquia. Porque a culpada foi ela, a mulher do novo pastor (nosso velho morreu), uma criatura magra e enfermiça, que tem todos os motivos para se interessar por nada deste mundo, já que ninguém se interessa por ela. É uma parva metida a sabichona, que se mete a estudar os cânones da Igreja e trabalhando com afinco na reforma crítica e moral do cristianismo, de acordo com a nova moda, que não liga a mínima para Lavater, julgando-o um visionário. Com a saúde completamente arruinada, nenhum prazer encontra ela nesta terra de Deus. Só uma criatura semelhante seria capaz de abater as minhas nogueiras! Veja, até agora não consegui me acalmar. Imagine só: as folhas mortas sujando e umedecendo o pátio, as ramagens tornando o lugar sombrio, os garotos, quando as nozes estão maduras, atirando pedras para derrubá-las, tudo isso irrita-lhe os nervos e perturba as profundas meditações e análises comparativas de Kennikot, Semler e Michaelis!

Vendo o descontentamento que reina entre os habitantes, sobretudo entre os velhos, perguntei-lhes: "Por que vocês aceitam, isso?" Responderam-me: "Aqui, quando o regedor quer uma coisa, que podemos fazer?" Bem feito para o regedor e o pastor! Eles pretendiam dividir o produto das nogueiras, e desta vez o pastor procurou tirar algum proveito das extravagâncias da sua mulher, mas a Câmara Municipal ficou sabendo de tudo e gritou: "Alto lá!" Porque a Câmara tinha velhas pretensões sobre a parte do pátio do presbitério onde cresciam as árvores, e então vendeu-as a quem apresentou melhor proposta. Elas foram derrubadas! Oh! se eu fosse príncipe, aí sim daria o devido tratamento à mulher do pastor, ao prefeito e à Câmara Municipal... Príncipe!... Sim, muito bem, se eu fosse príncipe, daria muita importância às árvores do meu reino?

10 de outubro

Para eu ser feliz, basta-me contemplar seus olhos negros! E, no entanto, Albert não me parece tão feliz como... esperava, e eu... supunha, se... Não gosto de usar reticências, mas desta vez não saberia expressar-me de outra forma, e parece-me ter sido claro o bastante.

12 de outubro

Ossian suplantou Homero no meu coração. Que mundo aquele para onde me leva o poeta sublime! Vagar pelos descampados enquanto sopra ao redor da tempestade que arrasta para as nuvens flutuantes, à pálida luz da lua, os fantasmas dos antepassados; ouvir nas montanhas o rugido das torrentes que ecoam dentro das florestas, misturado ao gemido abafado dos espíritos em suas cavernas, e o lamento da jovem desfalecendo de dor sobre as quatro pedras musgosas que cobrem o túmulo do seu amado herói morto em honra! E, depois, encontro o bardo de cabelos embranquiçados pelos anos, percorrendo o vasto descampado em busca dos seus ancestrais para descobrir, pobre dele, tão só os seus túmulos! E quando, então, gemendo de dor, ele ergue o olhar para a doce estrela vespertina que se oculta no mar revolto, o passado revive na alma do herói, quando a estrela iluminava ainda, com seu raios propícios, os bravos em meio dos perigos, e a lua derramava a sua luz sobre o navio que regressava, vitorioso. Leio-lhe na fronte a sua profunda dor, e vejo esse nobre guerreiro, único sobrevivente da sua raça, caminhar, cansado e cambaleante, para o túmulo, sentindo a cada momento uma alegria nova, ardente e dolorosa, ao rever as sombras imóveis dos seus mortos; e, olhando a terra fria, sobre a erva que ondula ao sabor do vento, exclama: "O viajante há de voltar, há de voltar aquele que me conheceu no esplendor da minha juventude, e dirá: 'Onde está o bardo, o ilustre filho de Fingal?' Seu pé calcará a minha sepultura e em vão há de procurar-me sobre a terra!"... Ó meu amigo, eu queria, como um nobre escudeiro, arrancar da espada e, com um só golpe, libertar meu príncipe do tormento de uma vida que outra coisa não é senão a morte lenta; e, depois, enviar minha alma para junto desse semideus libertado!

19 de outubro

Ah, esse vazio horrível sinto em meu peito! Quantas vezes penso: se eu pudesse uma vez, ao menos uma vez, apertá-la contra o coração, todo esse vazio seria preenchido".

26 de outubro

Sim, meu caro, para mim, cada vez estou mais certo de que a existência dos seres tem muito pouca importância. Chegando uma amiga de Lotte, retirei-me para o cômodo vizinho a fim de procurar um livro que, aliás, não consegui ler; então, pus-me a escrever. Elas conversavam em voz baixa, contando coisas insignificantes, novidades da cidade: que esta casou, que aquela outra está muito doente. "Está com tosse seca, o rosto cavado, sofre de uma fraqueza contínua; não dou nada pela sua vida", dizia a amiga. "O senhor N. N. também está muito mal", respondeu Lotte. "Ele está inchado", disse a outra. E a minha viva imaginação transportou-me para junto do leito daqueles desgraçados e vi com que pesar eles abandonavam a vida, como eles... E, Wilhelm, aquelas duas jovens falavam deles como se fala... da morte de um estranho. Olho em torno e, vejo este quarto vestidos de Lotte, papéis de Albert, estes móveis que se me tornaram tão familiares, este tinteiro, e digo a mim mesmo: "Veja o que você agora representa nesta casa: tudo para eles! Seus amigos lhê têem consideração e estima, você dá a eles muitos momentos de alegria, e supõe que seu coração não poderia viver sem eles. No entanto... se você partisse, se desaparecesse deste círculo, por quanto tempo sentiriam o vazio que a sua ausência lhes causaria? Por quanto tempo?..." Ah! o homem é tão efêmero que, mesmo onde está verdadeiramente seguro da sua existência, no único lugar em que sua presença produz uma impressão real — na memória e no coração dos amigos — mesmo ali ele vai apagar-se e desaparecer, e logo!

27 de outubro

Tenho vontade de rasgar o peito e estourar o crânio quando vejo que significamos tão pouco um para o outro! Ah, o amor, a alegria, as delícias de que não desfruto, não me poderá ser dado por outro; e, com o coração transbordando de felicidade, não poderei fazer feliz esse outro, se ele permanece frio e sem força diante de mim.

27 de outubro, à tarde

Tenho tanto! E o sentimento que tenho por ela devora tudo.

Tenho tanta coisa, mas sem ela tudo para mim é como se não existisse.

30 de outubro

Já estive a ponto de apertá-la em meus braços centenas de vezes! Deus todo-poderoso, sabe o que se sente ao ver tantos encantos, e não poder tocar... E no entanto, é um impulso natural da humanidade o querer tocar o que nos fere os sentidos. Não é o que fazem as crianças? E eu?

3 de novembro

Só Deus sabe quantas vezes vou dormir desejando nunca mais despertar; e pela manhã, quando abro os olhos e torno a ver o sol, sinto-me um desgraçado. Ah, se eu fosse um maluco, poderia jogar a culpa no tempo, em outra pessoa, num projeto fracassado, e assim o peso insuportável da minha dor poderia ser dividido. Que desgraçado sou: sei perfeitamente que sou o único culpado... Não exatamente culpado, mas é em mim que está a fonte de todos os meus males, como outrora a fonte de toda a minha felicidade. Não sou mais o homem que outrora nadava num mar de rosas, e a cada passo via surgir um paraíso, e cujo amor era capaz de abranger o mundo inteiro? Mas o coração que assim pulsava está morto, dele não brota mais nenhum encanto; meus olhos, agora secos, não se refrescam mais de lágrimas benfazejas, e a angústia abafa os meus sentidos e enruga a minha fronte. Sofro ainda mais ao verificar que perdi aquilo que dava encanto à minha vida, sagrada e tumultuosa força graças à qual podia criar mundos e mundos a meu redor. Essa força acabou. Quando contemplo, da minha janela, o sol da manhã romper a bruma sobre a colina distante, iluminando a campina silenciosa no fundo do vale, e vejo o rio correndo suavemente para mim e serpenteando entre os salgueiros desfolhados, essa natureza me parece fria e inanimada como uma estampa colorida — agora toda essa magnificência não consegue fazer passar para o meu cérebro nenhuma gota de felicidade do meu coração, e fico perante Deus como uma fonte estancada, como uma ânfora vazia! Muitas vezes caí de joelhos sobre a terra, implorando de Deus algumas lágrimas, como um semeador implora a chuva, se sobre a sua cabeça o céu é de bronze e, em torno, a terra estala de sede.

Mas, pobre de mim, não são os nossos pedidos impulsivos que

farão com que Deus conceda a chuva e o sol. E os tempos dos quais sinto uma torturante saudade, só eram felizes porque eu esperava o seu sentido com paciência e acolhia com o coração agradecido as delícias que sobre mim derramava.

8 de novembro

Ela censurou-me os excessos, mas com amável ternura o fez! Meus excessos consistiram nisto: em vez de um copo, cheguei a beber uma garrafa de vinho.

— Não faça isso! — disse ela — Pense em Lotte.

— Pensar em você! — respondi-lhe. Você precisa mandar que eu pense em você? Não é exatamente pensar: você está sempre em minha alma. Hoje, estive sentado no mesmo lugar onde você desceu do carro...

Ela mudou o rumo da conversa, para impedir que eu me aprofundasse no assunto. Ah, meu caro, estou perdido! Ela pode fazer de mim o que quiser.

15 de novembro

Obrigado, Wilhelm, pelo seu amável interesse, pelos seus bem intencionados conselhos. Tranqüilize-se, peço-lhe. Deixe que o meu sofrimento se esgote! Apesar do meu abatimento, sinto ainda forças para ir até o fim. Como sabe, respeito a religião; sinto que é um conforto para as almas cansadas, um refresco para as almas sequiosas. Mas... pode ela, deve ela ser isso para todos? Se você considerar o mundo, verá que há milhares de homens para os quais ela não o tem sido, milhares para os quais não o será nunca, quer implorem ou não os seus benefícios. Por que, então, deveria ser para mim? O Filho de Deus, mesmo, não disse que aqueles que "aqueles que o Pai me concedeu serão comigo"? E se eu não fui concedido a Ele? E se o Pai quer reservar-me para ele, como diz o meu coração?... Peço-lhe, não dê a isto uma falsa interpretação e não veja malícia nestas palavras inocentes! Abro-lhe aqui toda a minha alma, pois de outro modo eu teria preferido calar-me, e não gosto de gastar minhas palavras em assuntos em que cada um é tão ignorante quanto eu. Qual é o destino do homem senão suportar a parte de sofrimento que lhe toca, tragar seu cálice até a última gota? E, se o cálice pareceu demasiadamente amargo aos lábios humanos de Deus, por que eu deveria fingir achá-lo doce? E por que envergonhar-me no terrível momento em que todo o meu ser estremece entre o ser e o nada; e o passado, como um clarão, ilumina os tenebrosos abismos do futuro, e tudo a meu redor desaba, e o mundo inteiro sossobra comigo? É então que a criatura, no limite do desespero, reduzida às próprias forças e sentindo-as impotentes, vendo-se afundar e não podendo evitar, grita, com uma voz dilacerante vinda do mais profundo do seu ser, que se esgota em vãos esforços: "Meu Deus, meu Deus, por que me desamparaste?" Poderei envergonhar-me dessas palavras e temer o momento que não escapou Àquele que dobra o céu como um manto?

21 de novembro

Ela não vê, não sente que prepara um veneno que vai nos destruir a ambos. E eu bebo com volúpia a taça em que ela me oferece a morte? Por que olha, tantas vezes, de um jeito tão bondoso? Nem sempre, mas enfim, às vezes. Por que essa complacência com que aceita as expressões involuntárias dos meus sentimentos, e a compaixão pelo meu sofrimento que transparece em seu rosto?

Ontem, ao sair, ela estendeu-me a mão dizendo: "Adeus, querido Werther!" Querido Werther! É a primeira vez que me chama assim, e a alegria que senti penetrou-me até a medula dos ossos. Repeti a palavra centenas de vezes e, à noite, ao deitar-me, eu disse: "Boa noite, querido Werther!" e, não pude deixar de rir de mim mesmo.

22 de vovembro

Não posso pedir a Deus: "Faça com que ela seja minha!" E, todavia, parece-me, às vezes, que ela é minha. Mas ela pertence a outro. Brinco com minha própria dor e, se não conseguisse me controlar, faria uma ladainha de antíteses.

24 de novembro

Ela sente que estou sofrendo. Hoje, o seu olhar penetrou até o âmago do meu coração. Encontrei-a sozinha. Calei-me, enquanto ela me olhava fixamente. Não via mais nela a beleza adorável, nem o brilho da sua benevolente inteligência; tudo isso tinha desaparecido aos meus olhos. O que agia sobre mim era um olhar mais belo, repleto da mais profunda simpatia, da mais doce compaixão. Por que não me atirei a seus pés? Por que não me atrevi a abraçá-la, respondendo-lhe com mil beijos?... Ela buscou pretexto no seu cravo, dissimulou com o seu jogo de notas harmoniosas, e cantou com a sua doce voz. Nunca seus lábios me pareceram tão sedutores; era como se abrissem para aspirar avidamente os sons suaves que brotavam do instrumento, e sua boca tão pura devolvia como um eco celeste... Ah! se eu pudesse exprimir o que senti! Não mais resisti e, inclinando-me fiz este juramento: "Jamais ousarei dar um beijo em seus lábios, onde pairam os espíritos do céu!" E, não obstante... eu quero... Ah! veja você, é como se houvese um enorme muro diante da minha alma... Uma tal felicidade... e, depois, morrer para expiar este pecado... Pecado?

26 de novembro

Às vezes, digo a mim mesmo: seu destino é singular; lance um olhar àqueles que são felizes... ninguém sofreu tanto quanto você. E depois, leio algum poeta antigo, e é como se estivesse lendo meu próprio coração. Estou sofrendo tanto! Será que já existiu alguém que tenha sofrido mais do que eu?

30 de novembro

Não, nunca mais poderei voltar a ser o mesmo. Aonde quer que vá, encontro sempre alguma coisa que me transtorna. Ó destino, ó humanidade!

Estava sem nenhum apetite e fui dar um passeio pela beira do riacho, por volta do meio-dia. Tudo estava deserto; um vento de oeste, úmido e frio, soprava da montanha, e nuvens cinzentas, carregadas de chuva, avançavam sobre o vale. Avistei ao longe um homem vestido com uma roupa verde gasta, que ia e vinha, rondando os rochedos, e parecia procurar plantas medicinais. Quando me aproximei, ele voltou-se ao ruído dos meus passos e vi uma fisionomia interessante, na qual o que mais sobressaía era uma calma tristeza, denunciando, aliás, uma natureza bondosa e honesta. Seus cabelos negros formavam dois birotes presos com grampos, e o resto formava uma grossa trança que lhe caía sobre as costas. O traje parecia indicar um homem de condição modesta e, por isso, julguei que não o ofenderia informando-me da sua ocupação. Perguntei-lhe o que é que procurava, e ele respondeu-me:

— Procuro flores, e não encontro nenhuma.

Respondi-lhe, sorrindo:

— É que não estamos na estação...

— Há tantas flores! — disse ele, aproximando-se — No meu jardim há muitas rosas e duas espécies de madressilvasas: uma delas foi meu pai quem me deu. Elas cerscem como erva daninha e há dois dias que as procuro sem conseguir encontrá-las. Lá fora, também, há sempre flores amarelas, azuis, vermelhas, e as centáureas, umas lindas florezinhas, e não consigo encontrar uma única.

Notei que havia alguma coisa de estranho e, aproveitando uma pausa, perguntei-lhe:

— Que quer você fazer com essas flores?

Um sorriso estranho e convulsivo contraiu-lhe a fisionomia.

— Se você prometer não me trair... — disse ele, pondo o dedo nos lábios — É que eu prometi um ramalhete à minha amada.

— Muito bem — disse eu.

— Ah, mas ela tem muitas outras coisas; é rica.

Respondi-lhe:

— E, contudo, vai ganhar também o seu ramalhete?

— Oh! — continuou ele. Ela tem muitas jóias e uma coroa.

— E qual é o nome dela?

— Se os Estados Gerais quisessem pagar-me prosseguiu — eu seria outro homem. Sim, houve um tempo em que eu era muito feliz! Agora, tudo está acabado para mim... eu sou...

Olhar úmido que lançou para o céu conpletou seu pensamento.

— Então você era feliz? — perguntei.

— Ah! como eu gostaria de ser novamente assi! Eu me sentia tão bem, tão alegre, tão leve como um peixe na água!

— Heinrich! — chamou uma velha mulher que apareceu na estrada. — Heinrich! Onde você se meteu? Nós procuramos você por toda parte! Venha comer!

Aproximei-me dela e perguntei:

— É seu filho?

— Sim, é meu pobre filho. Deus me deu uma cruz bem pesada.

— Há quanto tempo ele está assim?

— Assim tranqüilo, há um seis meses, louvado seja Deus! Antes, esteve furioso durante um ano inteiro; foi preciso acorrentá-lo num manicômio. Agora, não faz mal a ninguém; apenas se ocupa de reis e imperadores. Era um ótimo rapaz, era quem me ajudava no sustento da casa. Tinha uma bela letra. Subitamente tornou-se melancólico, foi acometido de uma febre, passou a delirar e agora está desse jeito que o senhor vê. Se eu contasse ao senhor...

Interrompi aquela torrente de palavras, perguntando:

— Que tempo é esse em que ele diz ter sido tão feliz?

Ela exclamou com um sorriso de piedade:

— Pobre coitado! Ele se refere à época em que estava fora de si, à qual não pára de elogiar. Foi quando passou no hospício uma época sem saber que havia perdido a razão.

Tais palavras tiveram sobre mim o efeito de um raio. Dei à mulher uma moeda de ouro e despedi-me apressadamente.

"Eis o tempo em que você era feliz", gritei para mim mesmo, voltando rapidamente à cidade. "O tempo em que vivia feliz como um peixe na água! Deus do céu, esse deve ser então o destino que preparou para os homens: estes serão felizes somente antes de possuírem e depois de haverem perdido a razão? E no entanto, pobre insensato, como eu invejo a melancolia e o alheamento de espírito em que você se consome! Você sai tão cheio de esperança, em pleno inverno, a fim de colher flores para a sua rainha, e fica aflito por não os encontrar, e não compreende por que não consegue encontrá-las. E eu... eu saio sem esperança e sem destino, retornando tal como saí... Você imagina o homem que seria se os Estados Gerais lhe pagassem. Feliz criatura que pode atribuir a sua miséria a um obstáculo terreno! Você não sente que é no seu coração arruinado, no seu cérebro perturbado que reside o seu mal, nenhum rei da terra poderia lhe libertar!"

Que desespero aquele que ri de um enfermo pelo fato de este transportar-se até a fonte longínqua dos seus males, e tornar mais doloroso o fim da sua vida! Que morra de desespero aquele que menospreza o homem de coração aflito, quando, para livrar-se dos seus remorsos e pôr um fim aos sofrimentos da sua alma, empreende uma peregrinação ao Santo Sepulcro! Cada passo que ele dá sobre o caminho pedregoso que dilacera seus pés é uma gota de bálsamo para a sua alma angustiada; e após cada dia de penosa caminhada, dorme com o coração aliviado de um grande peso... E vocês ousariam dizer que isso é uma ilusão, vocês, faladores sentados em fofas almofadas! Ilusão!...

Deus meu, que vê minhas lágrimas, por que criou o homem desse modo tão pobre, e ainda lhe deu irmãos para o roubar em sua pobreza, e lhe subtraem a frágil confiança que tem em você? Porque a fé numa raiz medicinal, ou no suco da vinha, que é afinal senão a fé em vós, a confiança que concedeis em tudo quanto nos cerca, uma virtude curativa, ou consoladora, de que necessitamos a todo momento? Ó Pai, que eu não conheço, Pai que outrora enchia toda a minha alma e agora me vira o rosto, chame-me para junto de Você, não mais fique mudo aos meus apelos, porque seu silêncio não poderá conter esta alma que tem sede da Sua presença! Um homem, um pai, não pode irritar-se porque seu filho, reaparecendo subitamente, o abraça e diz: "Eis-me de volta, meu pai! Não fique zangado por eu ter interronpido uma viagem que, por sua vontade, devia durar mais algum tempo! O mundo é o mesmo em toda parte, isto é, sofrimento e trabalho, depois recompensa e prazer; mas, que me importa isso? Só estou bem perto de você, e é junto do senhor que eu quero sofrer e ser feliz..." E Você, misericordioso Pai celeste, não atenderia ao seu filho?

1º de dezembro

Wilhelm, o homem sobre o qual lhe falei na minha última carta, aquele feliz desventurado, era empregado do pai de Lotte, e o que o enlouqueceu foi a paixão por ela, que cultivouou, primeiro secretamente, declarando-se depois, o que fez com que o despedissem. Imagine o meu estado de perturbação quando Albert me contou essa história, talvez tão calmamente como você a lerá.

4 de dezembro

Suplico a você... Está tudo acabado... não posso mais! Hoje, estive sentado junto dela... sentado enquanto ela tocava no seu cravo algumas melodias, e com tanta... tanta... tanta... Que mais posso dizer?... A irmã mais nova vestia a boneca sentada nos meus joelhos. Vieram-me as lágrimas, abaixei a cabeça, e meus olhos deram com a sua aliança... minhas lágrimas corriam... Então, de repente, ela começa a velha melodia de uma doçura celestial e senti logo em minha alma uma impressão de alívio, em meio às lembranças do passado, do tempo em que ouvi essa melodia, dos dias sombrios que se seguiram, da minha mágoa, das minhas esperanças perdidas, e depois... Pus-me a andar de um lado para o outro pela sala; meu coração sufocava ao peso dessas recordações. "Pelo amor de Deus!", exclamei com violência, dirigindo-me a ela. "Pelo amor de Deus, pare!" Ela interrompeu-se e olhou-me fixamente. "Werther", disse ela com um sorriso que me trespassou a alma; "Werther, você está muito doente: até os seus pratos favoritos lhe repugnam. Vá para casa, peço-lhe, e procure acalmar-se!" saí depressa e... Ó Deus, olhe para o meu sofrimento e acabe com ele!

6 de dezembro

Como a sua imagem me persegue! Quer acordado, quer sonhando, está totalmente em minha alma! Quando fecho os olhos, neste ponto aqui da minha fronte onde se concentra a visão interior, vejo seus olhos negros. É bem aqui neste ponto! Não sei como exprimir-lhe isso. Cada vez que fecho os olhos, eles lá estão, abrem-se diante de mim, em mim, como um mar, como um abismo enchendo os meus sentidos e o meu cérebro.

O que é o homem, esse semideus tão louvado? Não lhe faltam as forças justamente no omento em que necessita delas? E quando ele, alçando vôos de alegria, ou abismando-se na tristeza, em um ou no outro caso, não será então limitado, retomando a consciência fria e banal de si mesmo, justamente quando contava perder-se no infinito?

Do editor ao leitor

Quanto eu desejaria que nos tivessem restado sobre os últimos e tão singulares dias do nosso amigo suficientes informações firmadas por seu próprio punho, de forma que não me visse obrigado a interromper a série de cartas que ele nos deixou, para completá-las com esta narrativa!

Procurei recolher, das pessoas bem informadas, pormenores bastante exatos sobre sua história, que é simples, e todos os depoimentos coincidem, exceto em um ou outro ponto sem relevância; divergência que, aliás, exprime a diversidade de caráter das pessoas envolvidas.

Nada mais temos a fazer senão narrar fielmente aquilo que os nossos muitos esforços nos permitiram saber, incluindo nesta narrativa as cartas deixadas por Werther, sem desprezar os apontamentos mais insignificantes encontrados entre seus papéis. Não é fácil descobrir as causas verdadeiras e essenciais, mesmo do gesto mais simples, quando se trata de homens incomuns.

O desânimo e o desalento foram criando raízes cada vez mais profundas na alma de Werther e acabaram por tomar conta do seu ser. A harmonia da sua inteligência foi completamente aniquilada. Um fogo interno, violento e intenso, minou todas as suas faculdades, produzindo os mais funestos resultados e só lhe restando o abatimento mais penoso e completo, pior do que todos os males contra os quais havia até então lutado. A angústia do seu coração consumiu as faculdades do espírito, a vivacidade, a intuição penetrante. Em sociedade, mostrava-se cada vez mais sombrio, cada vez mais infeliz e, também, cada vez mais injusto à medida que se ia tornando mais infeliz. Pelo menos é o que dizem os amigos de Albert. Eles afirmam que Werther não soube apreciar um amigo virtuoso e sereno, que, tendo alcançado uma felicidade longamente desejada, não tinha outra intenção a não ser assegurar essa felicidade para o futuro. Albert, dizem eles, não mudara em tão pouco tempo: era o mesmo homem que Werther no início conhecera e tanto havia apreciado e estimado. Amava Lotte acima de tudo, orgulhava-se dela, e desejava que ela fosse por todos reconhecida como a mais perfeita das pessoas. Poder-se-ia acusá-lo por ter se recusado a alguém um bem tão precioso, e por tentar dissipar quaisquer suspeitas? Todos concordam em dizer que Albert quase sempre se retirava da sala quando Werther ia à casa de sua mulher; mas não o fazia por ódio, por aversão ao amigo, senão por sentir que sua presença o incomodava.

O pai de Lotte, retido no leito em razão de um mal que o acometeu, enviou à filha um carro, a fim de tê-la a seu lado. Era um belo dia de inverno, a primeira neve caíra abundantemente e cobria inteiramente o chão. No dia seguinte, Werther foi ao encontro de Lotte, para acompanhá-la de volta caso Albert não a fosse buscar. A serenidade do céu teve pouca influência no seu humor melancólico. Um grande peso lhe oprimia a alma, tristes e sombrias imagens o perseguiam, e seu espírito não conhecia outro movimento senão o de ir de um pensamento de dor para outro. Vivendo num eterno conflito consigo mesmo, só via motivos de inquietação e perplexidade naqueles que o cercavam. Pensava ter destruído a paz entre Albert e sua esposa, censurando-se, e, misturado a tudo isso, nutria um sentimento secreto de despeito pelo marido.

Pelo caminho, seus pensamentos tomaram essa mesma direção. "Sim, sim!", pensava, mal reprimindo a cólera. "Eis no que deu essa união cheia de afeto, de ternura, de constante simpatia! Eis no que deu essa fidelidade tranqüila e duradoura: saciedade e indiferença! Qualquer negócio mesquinho não tem para ele maior atração do que a mais adorável das mulheres? Sabe ele apreciar sua felicidade, e estimar Lotte como Lotte merece ser estimada? Lotte pertence-lhe... Sei isso como sei muitas outras coisas; suponho haver-me acostumado a esse pensamento que mais cedo ou mais tarde me enlouquecerá e causará a minha morte. No meu apego por Lotte, não verá ele um atentado aos seus direitos e, nas minhas atenções para com ela, uma tácita censura? Eu sei, eu noto que a minha presença não lhe agrada, que ele me deseja bem longe, que minha presença o incomoda."

Por vezes afrouxava o andar apressado, e parecia querer voltar, mas continuava o seu caminho, acabando por chegar, quase a contragosto ao pavilhão de caça.

Ao entrar, perguntou pelo bailio e por Lotte, notando na casa certa agitação. O mais velho dos rapazes contou-lhe que tinha acontecido uma desgraça em Wahlheim, onde um camponês fora assassinado, coisa que pouco impressionou muito Werther. Na sala, encontrou Lotte tentando dissuadir o pai (que estava doente) a investigar o crime no próprio local. Não se sabia ainda quem era o culpado, pois a vítima fora encontrada pela manhã diante da porta de sua casa. Mas havia suspeitas: o morto trabalhava na casa de uma viúva, substituindo outro que fora despedido, depois de um problema grave.

Informado desses pormenores, Werther levantou-se bruscamente. "Será possível?", exclamou. "Preciso ir, não há tempo a perder!" Correu a Wahlheim; lembrou-se vivamente de vários detalhes, e estava certo de que o assassino era o homem com o qual havia muitas vezes conversado e que tanto estimava.

Quando passou sob as tílias para ir à taverna onde o corpo tinha sido colocado, sentiu-se invadido de horror ao ver aquele local que outrora tanto amara. O solo sobre o qual tantas vezes brincara com as crianças da vizinhança estava manchado de sangue. O amor e a fidelidade, os sentimentos mais belos do homem, tinham sido transformados em violência e morte. As árvores vigorosas estavam desfolhadas e cobertas de geada; os lindos arbustos que cobriam o muro do cemitério também tinham perdido a folhagem e deixavam ver os túmulos cobertos de neve.

Ao aproximar-se da taverna, diante da qual todo o vilarejo se aglomerara, de repente uns gritos foram ouvidos. Via-se ao longe um grupo de homens armados conduzindo o assassino. Fixando-o, Werther não teve mais dúvidas: era ele, o empregado que se apaixonara loucamente pela viúva; era o rapaz que, não fazia muito tempo, havia encontrado vagando tomado de sombria tristeza e secreto desespero. "O que você foi fazer, infeliz?", exclamou Werther, indo ao encontro do prisioneiro. Este olhou para Werther sem nada dizer, e por fim respondeu calmamente: "Ninguém a possuirá; ela não possuirá ninguém". Fizeram-no entrar na taverna, e Werther retirou-se precipitadamente.

Estava completamente transtornado, abalado por aquela violenta emoção. Num instante foi arrancado da sua melancolia, desânimo e apatia, e se fez tomado de irresistível interesse pelo moço e desejo inexprimível de salvar aquele homem. Considerava-o tão desgraçado e, não obstante criminoso, inocente, e de tal modo se identificava com o seu ato, que estava certo de que conseguiria convencer os outros a compartilhar de sua opinião. Queria pedir por ele imediatamente, e já as palavras de defesa se formavam em seus lábios. Ao correr para o pavilhão de caça, foi repetindo baixinho tudo quanto pretendia expor ao bailio.

Quando entrou na sala, encontrou Albert, e isso o perturbou um pouco; mas logo se compôs e expôs calorosamente sua opinião ao bailio. Este balançou a cabeça várias vezes e, embora Werther alegasse, com toda a vivacidade, com toda a paixão e sinceridade possíveis, tudo quanto um homem pode dizer em defesa de outro, o bailio, como facilmente se pode compreender, não se deixou comover. Aliás, nem mesmo deixou o nosso amigo ir até o fim, refutou suas palavras e censurou-lhe por estar tomando a defesa de um assassino; demonstrou-lhe que, desse modo, todas as leis seriam anuladas, e a segurança pública, liquidada. Acrescentou que não podia intervir em um caso de tal gravidade sem arcar com o peso de uma enorme responsabilidade, e que era preciso se fazer tudo conforme as formalidades legais.

Werther não se deu por vencido, pedindo ao bailio que então, pelo menos, fechasse os olhos caso facilitassem a fuga do rapaz. O bailio repeliu também esse pedido. Albert, que por fim entrou na conversa, exprimiu o mesmo ponto de vista do sogro, e Werther, em minoria, retirou-se oprimido pela dor, após ouvir o bailio repetir inúmeras vezes: "Não, não é possível salvá-lo!"

Sabemos a profunda impressão que lhe produziram essas palavras, pelo bilhete encontrado entre os seus papéis, o qual ele teria escrito, com certeza, naquele mesmo dia:

"Ninguém pode salvá-lo, infeliz! Bem vejo que ninguém pode nos salvar!"

As palavras de Albert a respeito do prisioneiro, no final da cena com o bailio, desgostou profundamente Werther; pareceu-lhe ter percebido alguma alusão sobre si mesmo, e embora, depois de ponderar um pouco, reconhecesse que os adversários podiam estar certos, admiti-lo seria renunciar aos seus mais íntimos sentimentos.

Encontramos, ainda, entre seus papéis, algumas linhas relacionadas do caso e que talvez expliquem suas relações com Albert:

"De que serve ficar repetindo a mim mesmo que ele é honesto e bom? Isto me dilacera o coração: não posso ser justo".

Como a noite estava agradável e o tempo indicasse o começo do degelo, Lotte e Albert voltaram a pé. Durante o trajeto, de vez em quando, ela se voltava para trás, como se a companhia de Werther lhe fizesse falta. Albert pôs-se a falar de Werther, censurando-o, contudo sem deixar de lhe fazer justiça. Falou da sua paixão infeliz e da necessidade de mantê-lo afastado. "Desejo isso, tanto por mim como por você", disse ele; faça o possível para modificar a conduta dele em relação a você e restringir suas visitas, que são freqüentes demais. As pessoas estão reparando, e sei que alguns já andam comentando." Lotte nada respondeu, e Albert aceitou o seu silêncio, não mais aludiu a Werther diante de Lotte e, quando ela falava dele, interrompia a conversa ou mudava de assunto.

A tentativa infrutífera que Werther fizera para salvar o infeliz foi como o último clarão de uma luz que se apaga: a partir daí mergulhou cada vez mais na sua dor e apatia. Ficou quase fora de si ao saber que possivelmente seria chamado a depor contra o rapaz, o qual agora estava negando a autoria do crime.

Todos os aborrecimentos por que tinha passado durante o período de atividade, as mágoas com o embaixador, todas as decepções, todas as tristezas passavam e repassavam em sua imaginação. Achava, diante de tudo isso, que tinha o direito de permanecer na inatividade, não conseguia ver mais nenhuma perspectiva de futuro, sentia-se completamente incapaz de apegar-se a algum pretexto de continuar as tarefas da vida prática. Assim, entregando-se inteiramente aos próprios sentimentos, às idéias extravagantes, e, ao mesmo tempo, a uma paixão sem remédio, na eterna e dolorosa monotonia de suas dolorosas relações com a criatura amada, destruindo suas forças, caminhava inexoravelmente para seu fim.

Algumas cartas deixadas por ele, e que aqui inserimos, são as provas irrefutáveis da sua perturbação, do seu delírio e do seu desgosto irremediável pela vida.

12 de dezembro

Caro Wilhelm, sinto-me como os desgraçados que parecem estar possuídos por um espírito maligno. Isso me acontece muitas vezes. Não é medo nem desejo... é uma fúria desconhecida, que me sufoca e ameaça dilacerar-me o peito. Sofre, e tento fugir de mim, perambulando entre as cenas noturnas e terríveis desta estação inimiga dos homens.

Ontem à noite não consegui ficar em casa. O degelo sobreveio subitamente. Ouvi que o rio transbordara, que os riachos haviam enchido, e todo o meu vale querido, desde Wahlheim, estava inundado. Corri para lá um pouco depois das onze horas. Que espetáculo assistir do alto do rochedo as ondas revoltas cobrindo os campos, os prados, os arbustos e tudo o mais, para formar, de uma ponta a outra do vale, um mar tumultuoso, entregue ao sibilar dos ventos! E, quando a lua reapareceu por sobre uma nuvem escura e um clarão terrível e esplêndido me mostrou novamente as águas que rolavam e rugiam aos meus pés, fui invadido de um súbito tremor e de um desejo intenso. Ah! Inclinado sobre o abismo, os braços estendidos, tive um desejo ardente de atirar-me a ele. Entreguei-me ao delicioso pensamento de precipitar naquele turbilhão meus tormentos e sofrimentos, de me deixar arrastar pelas ondas revoltas! Oh! Mas você não foi capaz de tirar os pés do chão e acabar com o seu tormento! Minha hora ainda não chegou, bem o sinto! Wilhelm, com que alegria eu teria renunciado à minha natureza de homem para rasgar as nuvens, para sublevar as ondas, misturando-me ao vento tempestuoso! Será possível que essas delícias nunca venham a ser concedidas ao que hoje definha no seu cárcere?

E como foi triste olhar para o recanto onde, em passeio com Lotte, numa quente tarde de verão, paramos para descansar. Também ele estava inundado, e quase não pude reconhecer o salgueiro, Wilhelm. "E os seus prados", pensei, "e os arredores do seu pavilhão de caça! Como essa torrente furiosa deve ter devastado o nosso caramanchão!" E um raio de sol do passado brilhou em minha alma, como na alma do prisioneiro que sonha com prados, rebanhos, glória e honras! Permaneci imóvel!... Não me censuro, pois tenho coragem para morrer... Terei... Estou aqui como uma velha que pega a lenha nas cercas e mendiga seu pão de porta em porta, a fim de prolongar por um momento a sua triste existência.

14 de dezembro

Que é isso, meu amigo? Tenho medo de mim mesmo. Meu amor por ela não é o mais fraternal, o mais sagrado, o mais puro dos amores? Sentiu alguma vez minha alma um desejo condenável?... Não quero jurar!... E no entanto, estes sonhos... Oh! Como tinham razão os que atribuíam esses efeitos contraditórios às forças exteriores! Esta noite... Tremo só em dizer que a tive nos braços, apertada contra o peito, e cobri sua boca, que balbuciava palavras de amor, de milhares de beijos; meus olhos nadavam na embriaguez do seu olhar! Ah, meu Deus, serei porventura culpado de experimentar ainda tanta felicidade ao recordar, em toda a sua intensidade, essas ardentes delícias? Lotte, Lotte!...

Mas tudo acabou para mim! Meus sentidos deliram. Há oito dias não consigo nem sequer pensar; meus olhos estão sempre cheios de lágrimas; não me sinto bem em lugar algum e sinto-me bem em qualquer lugar! Não desejo nada, não peço nada. Seria melhor partir.

Naquele tempo, a resolução de deixar este mundo já havia se fortalecido e radicado na alma de Werther. Depois que regressou para perto de Lotte, não deixou mais de considerar a morte como um recurso que não falharia. Prometeu a si mesmo, porém, que isso não podia ser um ato precipitado, impensado. Só daria esse passo com a maior convicção e com mais serena determinação.

Suas dúvidas, as lutas consigo mesmo transparecem nestas linhas sem data, provavelmente o esboço de uma carta a Wilhelm, que foi encontrado entre os seus papéis:

Sua presença, seu destino, o interesse que ela toma por mim exprimem as últimas lágrimas de um cérebro vazio.

Erguer a cortina e passar para o outro lado, eis tudo! Por que hesitar e ter medo? É porque se ignora o que está por trás do outro lado, e porque não há caminho de volta? E também porque é próprio do nosso espírito imaginar confusão e trevas ali onde não sabemos ao certo o que haverá?

Assim, esse triste pensamento se foi tornando cada vez mais familiar. Seu propósito tornou-se firme e irrevogável, como prova esta carta um tanto ambígua que escreveu ao seu amigo:

20 de dezembro

Obrigado por sua amizade, Wilhelm, por ter compreendido tão bem as minhas palavras. Sim, você tem razão: o melhor é partir. A proposta de retornar para junto de você não me agrada inteiramente. Antes, eu gostaria de fazer uma excursão, sobretudo neste momento que esperamos boa geada e bons caminhos. Fiquei feliz pelo seu projeto de vir até mim. Apenas aguarde uns quinze dias, findo os quais receberá uma carta minha, contendo os pormenores necessários. Não se deve colher o fruto antes de maduro, e quinze dias a mais farão muita diferença. Diga à minha mãe que reze pelo filho; diga-lhe também que perdoe a mágoa que lhe tenho causado. É o meu destino entristecer aqueles a quem devia tornar felizes! Adeus, querido amigo! Que o céu derrame todas as bênçãos sobre você! Adeus!

Não procuramos relatar o que se teria passado na alma de Lotte nesse meio tempo, quais seus sentimentos para com o marido e para com o infeliz amigo, embora possamos fazer uma idéia a esse respeito, pelo que sabemos de seu caráter. Mas toda mulher que tenha uma bela alma irá se identificar com ela e compreender a sua dor.

O que se sabe com certeza é que Lotte estava firmemente resolvida a tudo fazer para afastar Werther; e, se hesitava, era pelo desejo sincero e afetuoso de poupá-lo, pois sabia quanto isso custaria a ele, que lhe seria quase impossível viver longe dela. Apesar disso, ela se viu obrigada a tomar uma decisão importante. Seu marido guardava um silêncio completo a esse respeito, o mesmo que ela fizera sempre, e por isso mesmo era importante provar por ações que seus sentimentos eram dignos dos dele.

No mesmo dia – um domingo, às vésperas do Natal – em que Werther escreveu a seu amigo a carta que acima transcrevemos, à noite ele foi à casa de Lotte, encontrando-a sozinha, ocupada em pôr em ordem alguns presentes de Natal para os irmãos. Werther falou da alegria que aquilo proporciona às crianças, e da época em que a abertura inesperada da porta e a aparição da árvore carregada de velas, doces e maçãs o faziam ser transportado ao paraíso.*

– Você também – disse Lotte, disfarçando o embaraço com um sorriso amável –, você também ganhará o seu presente, se souber comportar-se direito. Uma velinha e uma outra coisa.

– E o que você quer dizer com comportar-se direito? – disse

---

* Na Alemanha é costume deixar uma árvore enfeitada com velas e doces, dentro de um quarto na Véspera de Natal; então finge-se que a porta se abre, inesperadamente, com a intenção de proporcionar às crianças uma agradável surpresa.

Werther. — Que é preciso fazer, que posso eu fazer, minha boa Lotte?

— Quinta-feira à noite — respondeu ela — será Véspera de Natal; as crianças virão com meu pai, e cada um receberá o seu presente. Venha também, mas não antes de quinta-feira.

Werther ficou perplexo.

— Por favor — continuou ela —, é absolutamente necessário; peço-lhe pela minha tranqüilidade: isso não pode continuar assim. Não, isso não pode...

Ele desviou os olhos dos dela e passou a caminhar pela sala, murmurando: "Isso não pode continuar assim!" Lotte, que sentiu o violento estado de espírito em que o pusera, esforçou-se em mudar-lhe o curso dos pensamentos, mas foi inútil.

— Não, Lotte! — exclamou — Nunca mais a verei!

— Por que, Werther? — replicou ela. — Você pode, você deve tornar a me ver. Mas deve ser mais comedido. Oh! por que nasceu, você com esse ardor apaixonado que se prende obstinadamente a tudo que o impressiona!... Por favor — prosseguiu ela, tomando-lhe a mão —, seja mais controlado! O seu espírito, os seus conhecimentos, os seus talentos lhe oferecem tantos prazeres! Seja homem, seja firme! Acabe com essa fatal afeição por uma criatura que nada mais pode fazer senão lamentar!

Ele rangeu os dentes e olhou-a com um jeito sombrio. Lotte continuou, retendo-lhe a mão:

Fique calmo; — percebe que está se iludindo e que está caminhando voluntariamente para a sua ruína? Por que eu, Werther, eu, que pertenço a outro? Justamente eu? Temo, temo que seja apenas a impossibilidade de me possuir que faz com que você me deseje com tanto ardor!

Werther retirou a mão e olhou-a com um olhar fixo e descontente.

— É muito razoável! — exclamou ele — Foi Albert quem disse isso? É bem profundo, muito profundo!

— Qualquer um diria isso — respondeu ela — Não haverá então no mundo inteiro uma mulher capaz de satisfazer os anseios do seu coração? Esforce-se para encontrá-la e, juro-lhe, há de conseguir. Há muito tempo que eu me preocupo por você e por nós, por causa da solidão em que se trancou nesses últimos meses. Uma viagem, garanto-lhe, há de lhe fazer bem. Procure e encontre pessoa digna de seu amor; depois, volte para gozarmos juntos a felicidade de uma verdadeira amizade!

— Podemos — replicou ele com um sorriso frio — mandar impri-

mir isso e recomendar aos professores. Querida Lotte, dê-me mais algum tempo e tudo se há de arranjar!

— Eu só lhe peço uma coisa, Werther: não volte antes da Véspera de Natal!

Ele ia responder, quando surgiu Albert. Cumprimentaram-se friamente e, constrangidos, puseram-se a andar pela sala. Werther falou de coisas sem importância; parou; Albert fez o mesmo e, em seguida, interrogou sua mulher a respeito de certas tarefas de que a havia incumbido, e, ao ouvir que nada tinha feito ainda, disse-lhe algumas palavras que pareceram a Werther muito secas, e até mesmo duras. Quis retirar-se, mas não conseguiu. Permaneceu até as oito horas assim indeciso, sentindo aumentar o mau humor e o descontentamento. Quando foram pôr a mesa, pegou a bengala e o chapéu. Albert pediu que ficasse, mas Werther, interpretando o convite como mera formalidade, agradeceu friamente e retirou-se.

Ao entrar em casa, ele tirou a lâmpada da mão do criado, que procurava guiá-lo, e entrou no quarto, onde desatou a soluçar, falando sozinho, muito agitado, e andando impetuosamente de um lado para outro. Afinal, atirou-se vestido no leito; assim o encontrou o criado quando, quase às 11 horas, arriscou-se a entrar no quarto e a perguntar se queria que lhe tirasse as botas. Consentiu que o fizesse, mas proibiu o criado de aparecer no quarto dia seguinte sem ser solicitado.

Na segunda-feira pela manhã, 21 de dezembro, escreveu a Lotte a seguinte carta, que foi, depois da sua morte, encontrada fechada sobre a escrivaninha e entregue à destinatária. Transcrevê-la-ei aqui por fragmentos, como, ao que tudo indica, teria sido escrita:

Está resolvido, Lotte: quero morrer. Escrevo-lhe isso com toda a serenidade, sem exaltação romanesca, na manhã do dia em que a verei pela derradeira vez. Quando você ler esta carta, minha adorada, o túmulo frio já terá coberto os despojos do infortunado, do espírito inquieto que não conheceu prazer mais doce, nos seus últimos momentos de vida, que conversar com aquela a quem tanto amou. Passei uma noite terrível, mas também uma noite benfazeja, que fortaleceu a minha resolução. Quero morrer! Quando ontem me afastei de você com a alma completamente tumultuada, o coração esmagado por tantas emoções, sentindo-me gelado de horror, consumindo ao seu lado minha existência sem esperança, nem sei como pude chegar ao meu quarto. Lancei-me de joelhos, fora de mim... e Deus meu,

Você meu Deus, Você me concedeu a consolação suprema das lágrimas mais amargas! Mil projetos, mil perspectivas agitaram-se em minha alma; por fim, fixou-se nela, definitivo e supremo, este pensamento: "Quero morrer!" Dormi, e esta manhã, erguendo-me tranqüilo, encontrei ainda em mim aquela resolução, sempre firme, forte e inabalável: "Quero morrer!..." Não é o desespero; é a convicção de que suportei quanto pude e de que eu me sacrificarei por você. Sim, Lotte, por que esconder? É preciso que um de nós três desapareça, e sou eu quem deve desaparecer. Oh, minha adorada, neste coração dilacerado muitas vezes se insinuou a idéia desvairada... de matar seu marido!... de matar você!... de matar-me a mim! Que se cumpra, então! Quando você subir a montanha, numa bela tarde de verão, lembre-se de mim, que tantas vezes fui ao seu encontro, neste lugar, surgindo do fundo do vale. Depois, olhe para o outro lado, em direção ao cemitério, veja como o vento embala os arbustos, sob a luz do sol que se põe...

Quando comecei a escrever esta carta, estava tão calmo, e agora estas imagens surgem tão intensas e vívidas para mim, que choro como uma criança.

Por volta das dez horas, Werther chamou o criado. Enquanto se vestia, disse-lhe que ia partir dentro de alguns dias e deu ordens para que limpasse suas roupas e preparasse tudo para fazer as malas. Encarregou-o, também, de pedir a conta de todos os fornecedores, de ir buscar alguns livros que havia emprestado, e pagar dois meses adiantados aos pobres aos quais costumava dar todas as semanas uma pequena importância.

Fez a refeição em seu quarto; depois, dirigiu-se, a cavalo, à casa do bailio, mas não o encontrou. Andou pelo jardim, perdido nos seus pensamentos, como se quisesse acumular no coração toda a tristeza das lembranças.

As crianças não o deixaram em paz por muito tempo, seguindo-o por toda parte, pulando atrás dele e dizendo que quando passasse "amanhã e depois de amanhã, e mais um dia ainda" iriam ganhar de Lotte o presente de Natal. Descreveram-lhe as maravilhas prometidas pela sua imaginação de criança. "Amanhã!", exclamou Werther, "e depois de amanhã e mais um dia ainda!..." Ele beijou a todos com ternura e, quando ia se retirar, o menor quis dizer-lhe ainda uma coisa ao ouvido: "os irmãos mais velhos tinham escrito cartões de felicitações de Ano Novo, grande assim! Um para o papai, outro para Albert e Lotte, e outro para o Sr. Werther. Esses cartões seriam entregues no primeiro dia do ano, bem cedinho".

A essas palavras, ele sentiu-se completamente aniquilado; deu qualquer coisa a cada uma das crianças, montou a cavalo, pediu-lhes que enviassem seus cumprimentos ao papai e afastou-se com lágrimas nos olhos.

Voltou para a sua casa por volta das cinco horas, pediu à criada que cuidasse da lareira e a alimentasse por uma parte da noite; depois, ordenou ao criado que empacotasse os livros, pusesse a roupa íntima no fundo da mala e depois o terno.

Provavelmente, a seguir teria escrito a seguinte passagem de sua última carta à Lotte:

Você não me espera mais. Pensa que vou obedecer e só voltarei a vê-la na Véspera de Natal! Lotte, será hoje ou nunca mais! Na Véspera de Natal você terá em mãos este papel, estremecerá, molhará esta carta com as suas lágrimas. Eu quero... é preciso! Oh! como me sinto feliz por haver tomado minha decisão!

Porém, Lotte estava num estado de grande perturbação. Sua última conversa com Werther lhe fizera sentir quanto seria difícil separar-se dele e quanto ele sofreria afastando-se dela. Disse diante de Albert, como que por acaso, que Werther só voltaria na Véspera de Natal; Albert partira a cavalo para ver o bailio da vizinhança e resolver um negócio; só voltaria no dia seguinte.

Lotte estava só, sem nenhum dos irmãos. Silenciosa, abandonava-se aos pensamentos sobre a sua situação. Via-se unida para sempre a um homem de quem conhecia o amor e a fidelidade, a quem também amava de todo o coração, a um homem cujo caráter tão sólido e digno parecia ter sido criado pelo céu para garantir a felicidade de uma mulher honrada; sentia que ele seria sempre para ela e para os seus. De outro lado, como Werther tinha-se-lhe tornado tão caro, e como a afinidade de suas almas se manifestara desde o primeiro momento! A convivência longa e freqüente, os incontáveis momentos em que compartilharam emoções tão diversas deixaram marcas indeléveis em seu coração. Habituara-se a partilhar com ele todos os sentimentos, todos os pensamentos, e a sua partida pareceu abrir em toda a sua existência um vazio que nada poderia preencher. Oh! Como ficaria feliz se pudesse transformá-lo num irmão!... Ou se ele se casasse com uma das suas amigas! Ou ainda, se pudesse restabelecer entre ele e Albert a harmonia de antigamente!

Passou todas as amigas em revista, uma por uma, e encontrava em todas algum defeito; nenhuma lhe pareceu digna de Werther.

Em meio a todas essas reflexões, ela sentia profundamente, embora sem ousar confessar, que o secreto desejo do seu coração era conservar Werther para ela. Entretanto, estava convencida de que isso lhe era proibido, e sua bela alma, tão pura, outrora tão livre e tão leve, sentia agora oprimir-lhe a melancolia, sem nenhuma esperança de felicidade. Seu coração comprimia-se, uma sombria nuvem toldava o seu olhar.

Eram seis e meia quando ouviu um rumor na escada, reconhecendo imediatamente os passos de Werther, e ouviu sua voz chamando-a. Como, talvez pela primeira vez, o seu coração se agitou ao senti-lo aproximar-se! Teria preferido mandar dizer-lhe que havia saído. Ao vê-lo entrar, exclamou, numa espécie de arrebatamento apaixonado:

— Você não cumpriu a palavra!

— Nada prometi — respondeu ele.

Ela replicou:

— Pelo menos você devia ter respeitado o meu pedido. Pedi-lhe isso para o nosso bem.

Ela nem sabia direito o que dizia, e muito menos o que fazia, tendo mandado chamar duas amigas para não ficar a sós com Werther. Ele entregou-lhe alguns livros que havia trazido e pediu outros; Lotte, por um lado desejava a chegada das amigas e, por outro, queria que não chegassem nunca.

A criada trouxe a resposta: ambas mandavam pedir desculpas, mas não podiam ir.

Lotte quis pedir à criada que fizesse um serviço qualquer na sala contígua, mas logo mudou de idéia. Werther andava de um lado para outro; ela foi ao cravo e tirou os primeiros acordes de um minueto, mas não conseguiu prosseguir. Fez um esforço para recuperar a calma e sentou-se junto a Werther, que havia se acomodado no lugar costumeiro, no canapé.

— Não tem nada para ler? — perguntou ela.

Ele disse que não.

— Ali na minha gaveta — prosseguiu ela — tenho a sua tradução de alguns cantos de Ossian; não os li ainda, pois estava esperando que você mesmo os lesse, mas nunca se tinha a oportunidade.

Ele sorriu e foi buscar o manuscrito; ao pegá-lo, estremeceu, e, quando o folheou, seus olhos encheram-se de lágrimas. Sentou-se novamente e leu:

Estrela da noite, que brilha esplendidamente no Ocidente e ergue a cabeça resplandecente sobre as nuvens, caminhando a sua majestade ao longo da colina. Que procura o seu olhar sobre os campos? Acalmaram-se os ventos da tempestade; ouve-se ao longe o murmúrio da torrente; as ondas se lançam contra os longínquos rochedos, e o zumbido dos insetos noturnos se alastra sobre os campos. Que está olhando, linda claridade? Entretanto sorri e vai embora; as ondas a cercam alegremente e banham seus belos cabelos. Adeus, tranqüilo raio! E apareça você, soberba luz da alma de Ossian!

E ela surge em toda a sua majestade. Vejo meus amigos mortos reunidos em Lora, como nos dias passados. Fingal vem como uma úmida coluna de névoa e, em torno dele, lá estão os seus heróis, os bardos. Ullim, de grisalhos cabelos! O majestoso Ryno! Alpin, o cantor amável, e você, doce e chorosa Minona! Como mudaram, meus amigos, depois dos dias festivos de Selma, quando disputávamos a honra do canto à maneira dos ventos da primavera que, passando pela colina, fazem dobrar as ervas que sussuram.

Minona, então, avançava em toda a sua beleza, de olhar baixo, os olhos cheios de lágrimas, com os cabelos flutuando ao vento que soprava da colina... A alma dos heróis se entristeceu quando se elevou a sua melodiosa voz, porque muitas vezes eles tinham visto o túmulo de Salgar e a escura morada da branca Colma. Colma, de voz harmoniosa, estava abandonada na colina. Salgar prometera vir, mas a noite baixava à sua volta. Ouçam a voz de Colma, solitária na colina.

Colma

É noite... estou sozinha, perdida sobre a colina tempestuosa. O vento sopra na montanha, a torrente precipita-se vagarosamente pelo rochedo. Nenhuma cabana me abriga da chuva; estou abandonada sobre a colina tempestuosa.

Ó lua, saiam as nuvens que a envolvem! Apareçam estrelas da noite! Que um raio de luz me guie ao lugar onde o meu amado repousa do cansaço das caçadas, junto ao arco distendido e aos cães ofegantes. É preciso ficar aqui, sobre o rochedo, de onde se precipita a torrente oculta sob a folhagem. A torrente e a tempestade rugem, impedindo-me de ouvir a voz do meu amado.

Por que demora tanto meu Salgar? Esqueceu a promessa? Eis a árvore, eis o rochedo, eis a torrente ruidosa! Você prometeu que ao anoitecer estaria aqui. Ah, por onde se desviou o meu Salgar? Quero fugir contigo para longe de meu pai e meu irmão, criaturas orgulhosas! Há muito que nossas famílias são inimigas, mas você e eu, Salgar, não somos inimigos.

Cale-se um instante, vento! Torrente, faça um breve silêncio! Quero que minha voz ressoe pelo vale para que o meu querido a ouça! Salgar, sou eu quem chama! Eis-me junto da árvore e do rochedo! Salgar, meu adorado, estou aqui! Por que demora? Veja, a lua está de volta; as águas brilham no vale, os rochedos cinzentos se mostram até o alto da colina, mas não o vejo nos cimos, seus cães não anunciam sua chegada. Tenho de ficar sozinha aqui, a esperá-lo!

Mas quem são aqueles que jazem lá embaixo, nos campos? Será o meu amado? Será o meu irmão? Respondam, amigos! Mas eles não o fazem. Que angústia oprime a minha alma!... Ai de mim, morreram! Suas espadas estão vermelhas pelos combates! Ó meu irmão, meu irmão, por que matou meu Salgar? Ó meu Salgar, por que matou meu irmão? Ambos me eram tão queridos. Oh! Você era belo entre mil outros na colina! Ele era terrível nas batalhas. Respondam-me! Escutem minha voz, meus amados! Mas, pobre de mim, eles estão mudos, mudos para sempre! Seu peito está frio como a terra.

De cima do rochedo da colina, do cimo da montanha onde reina a tempestade, falem comigo, espíritos dos mortos. Não terei medo! Onde foram buscar o repouso? Em que caverna da montanha encontrarei vocês?... Não ouço a mais débil voz no perpassar do vento; a tempestade que ruge sobre a colina não me traz nenhuma resposta.

Permaneço aqui entregue às lágrimas, esperando a manhã. Abram a sepultura, amigos dos que morreram, mas não a fechem até que eu chegue! Minha vida se desfaz como um sonho; poderei regressar? Quero ficar aqui junto daqueles a quem eu amava, aqui à beira da torrente que faz estremecer o rochedo!... Quando a noite cair na colina, e o vento perpassar nos campos, lá estará minha alma com o vento para chorar a morte dos meus amigos. O caçador me escutará da sua cabana, e temerá e amará a minha voz, porque há de ser doce, chorando os meus amigos que me eram tão queridos!

Tal foi o seu canto, ó Minona, filha de Thorman, de faces

rosadas! Nossas lágrimas correram por causa de Colma, e nossa alma se tornou sombria.

Ullin aproximou-se com a harpa e deu-nos o canto de Alpin. A voz de Alpin era doce, a alma de Ryno, um raio de fogo; mas ambos repousaram em sua pequena morada, e a voz deles apagou-se em Selma. Um dia, antes de esses heróis tombarem, ao voltar da caça, Ullin os ouviu cantar na colina. Seus cantos eram doces, mas tristes. Choravam a morte de Morar, o primeiro dos heróis. Sua alma era semelhante à alma de Fingal, e a espada, igual à de Askar... Mas, tendo ele tombado, seu pai gemia, as lágrimas corriam dos olhos de Minona, irmã do valente Morar. Ouvindo o canto de Ullin, ela desapareceu, como a lua, no Ocidente, esconde sua cabeça nas nuvens quando pressente a tempestade...

Com Ullin, acompanhei na harpa esse canto de luto.

Ryno

A chuva e o vento cessaram, o céu está sereno e as nuvens se dispersaram. O sol, retirando-se, ilumina a colina com os seus derradeiros raios. As águas do riacho correm avermelhadas da montanha até o vale. Doce é o seu murmúrio, ó torrente, mas ainda mais doce é a voz que eu escuto! É a voz de Alpin que entoa o canto dos mortos. Sua cabeça está curvada pela idade, e seus olhos, vermelhos de tanto chorar. Alpin, excelente cantor, por que está sozinho na colina silenciosa? Por que geme como o vento que se levanta, de súbito, do seio da floresta, e como a onda que bate numa praia longínqua?

Alpin

Minhas lágrimas, Ryno, são pelos mortos; minha voz é para os habitantes dos túmulos. Você está imponente sobre a colina e é o mais belo dos filhos dos campos, porém tombará como Morar, a aflição chorará sobre o seu túmulo. As colinas o esquecerão, e o seu arco ficará encostado à muralha, frouxo.

Você era ágil, Morar, como as cabras na colina, terrível como os fogos que brilham à noite no céu. Sua cólera era como a tempestade, sua espada brilhava nas batalhas como o raio sobre os campos; sua voz igualava-se à correnteza da floresta, depois da chuva, ao trovão nas colinas distantes. Muitos caíram sob o seu braço e consumidos pela chama da sua cólera. Mas quando regressava da guerra, como era suave sua voz! Seu rosto era como o sol depois da tempestade, como a lua na noite silenciosa; seu peito era calmo como o lago quando cala a ventania.

Pequena, agora, é a sua morada, e sombrio o seu lar! Com três passadas eu meço o seu túmulo, você que outrora era tão grande! Quatro pedras cheias de musgo formam o seu único monumento; uma árvore despojada de folhas e a erva crescida, que murmura ao sopro do vento, indicam ao caçador a tumba do poderoso Morar. Não tem mãe para chorar por você, nem amantes com lágrimas de amor. Morreu aquela que o gerou; também está morta a filha de Morglan.

Quem vem lá, apoiado em seu cajado, quem é aquele cuja cabeça está embranquecida pelos anos, e os olhos, avermelhados pelas lágrimas? É seu pai, Morar, seu pai, que só tinha um filho: você! Ele ouviu falar da sua coragem nos combates, dos inimigos que caíam sob seus golpes; ele soube da glória de Morar! Mas, pobre dele, porque soube do seu ferimento!... Chora, pai de Morar, chora; seu filho, porém, não mais lhe ouvirá. Profundo é o sono dos mortos; muito lá no fundo da terra está seu travesseiro de pó. Nunca mais ouvirá a sua voz, nunca mais despertará à sua voz! Oh! Quando o dia há de penetrar na tumba para dizer ao que aí dorme: "Desperta!" Adeus, ó mais nobre dos homens! Jamais esses campos tornarão a vê-lo; jamais na floresta escura brilhará o raio da sua espada. Você não deixou nenhum filho, mas os cantos perpetuarão seu nome; os séculos vindouros ouvirão falar do grande Morar que tombou heroicamente.

Clamorosas foram as lamentações dos heróis, sobretudo os dolorosos suspiros de Armin. Esse canto lembrou-lhe a morte de seu filho, em plena juventude. Carmor estava junto do herói; Carmor, príncipe da sonora Golma. "Por que esse suspiro soluçante, Armin?", perguntou ele; "qual a causa do seu pranto? A poesia e o canto não ressoam para encantar a alma? É como a névoa transparente que se levanta do lago e cai em chuva fina sobre o vale, umedecendo as flores. Mas o sol retorna com toda a sua força, e a névoa se dissipa. Por que então se aflige tanto, Armin, que reina sobre Golma, cercada pelas ondas?"

— Por que estou tão aflito? Grande é o motivo da minha dor... Carmor, nunca perdeu um filho nem uma filha em pleno desabrochar de sua beleza! O bravo Colgar está vivo, viva está Amira, a mais formosa das mulheres. Os ramos de seu tronco florescem, Carmor, mas Armin é o último da sua raça!

Sombrio é o seu sono, Daura: pesado é o seu sono na sepultura... Quando irá despertar com o seu canto, com a sua voz melodiosa?

Ergam-se ventos de outono, e soprem! Gemam correntezas da floresta, brade, ó furacão, na copa dos carvalhos! Apareça através das nuvens, lua, mostrando de vez em quando sua face pálida; faça me lembrar daquela noite terrível em que pereceram meus filhos, em que tombou Arindal, o forte, em que se extinguiu Daura, a amorosa!

Daura, minha filha, era bela, como é bela a lua sobre as colinas de Fura, branca como a neve, doce como o ar que se respira! Arindal, seu arco era forte, sua lança era rápida no campo de batalha, seu olhar era como a bruma sobre as ondas, seu escudo, como uma nuvem de fogo na tempestade!

Armar, famoso nos combates, buscou o amor de Daura; ela em pouco tempo o amou. Estavam contentes e cheios de esperanças os seus amigos!

Erath, filho de Odgal, estava cheio de ódio porque seu irmão havia sido morto por Armar. Apareceu disfarçado de barqueiro, e sua barca era linda sobre as ondas; os cabelos estavam embranquecidos pela idade, e o rosto era calmo e sério. "Ó mais bela das moças!", disse, "encantadora filha de Armin, lá embaixo, no rochedo, perto do mar, Armar espera pela formosa Daura; venho aqui para conduzi-la através do mar revolto".

Ela ouviu e chamou por Armar. Somente a voz do rochedo lhe respondeu. "Armar, meu adorado, por que me deixaste assim tão inquieta? Ouve, filho de Arnath, escuta, é Daura quem lhe chama!"

Erath, o traidor, rindo-se, dirigiu-se à praia. Ela ergueu a voz, chamando por seu pai e seu irmão: "Arindal, Armin, nenhum de vocês virá salvar a sua Daura?"

A voz de Daura atravessou o mar. Meu filho Arindal, descendo a colina, carregado com os despojos da caça, trazia o arco e as flechas; cinco cães cinzentos iam a seu lado. Ao ver na praia o audacioso Erath, prendeu-o fortemente a um tronco de carvalho; os gemidos do prisioneiro enchiam o ar.

Em sua barca, Arindal avança sobre as ondas e lança-se para Daura. Armar aparece, furioso, e atira uma flecha, ornada de penas cinzentas, que, sibilando, atinge seu coração, ó Arindal, meu filho!

Você pereceu no lugar do traidor Erath. A barca atingiu o rochedo; Arindal caiu e deu o último suspiro. Vendo o sangue do irmão correr aos pés, ah, Daura, como foi grande a sua dor!

As ondas despedaçam a barca, e Armar lançou-se ao mar para salvar Daura, ou morrer. Súbito, um golpe de vento subleva as ondas, e Armar é tragado por elas.

Ouvi o pranto da minha filha, sozinha no rochedo banhado pelo mar. Seus gritos eram penetrantes e contínuos, mas seu pai não podia salvá-la. Passei toda a noite na praia; vendo-a ao pálido brilho da lua, ali fiquei, a noite inteira, ouvindo seus gritos. O vento soprava rumorosamente, e a chuva castigava os flancos da montanha. Sua voz enfraqueceu-se antes do raiar da manhã; depois, extinguiu-se como a brisa da tarde na erva do rochedo. Esgotada pela dor, ela morreu, deixando Armin sozinho. Não mais existe aquele que foi a minha força nos combates; morreu aquela que era o meu orgulho de pai!

Quando a tempestade desce da montanha e o vento norte agita as ondas, sento-me na praia ressoante e contemplo o rochedo terrível. Muitas vezes, quando a lua se esconde, vejo passar juntos, tristemente enlaçados, os espíritos de meus filhos.

Uma torrente de lágrimas caiu dos olhos de Lotte, aliviando o seu coração opresso, e interrompeu a leitura de Werther. Este largou o manuscrito, tomou de Lotte a mão e também derramou lágrimas amargas. Com a outra mão, Lotte enxugou os olhos no lenço. Estavam ambos muito perturbados, sentindo o próprio infortúnio no destino daqueles heróis; sentiam-no juntos, e suas lágrimas se confundiam. Werther encostou no braço de Lotte os lábios e os olhos ardentes; ela estremeceu e quis afastá-lo, mas a dor e a piedade pesavam como chumbo, imobilizando-a. Respirou tentando se acalmar e, soluçando, pediu-lhe que prosseguisse a leitura. Agitado e trêmulo, como se seu coração fosse explodir, Werther pegou o caderno e leu, com a voz entrecortada:

Por que despertar-me, brisa da primavera? Você me acaricia e diz: "Derramo sobre você as gotas celestiais do orvalho!" Mas em breve murcharei; aproxima-se a tempestade que me arrancará as folhas! Amanhã chegará o caminhante, virá aquele que me viu em meu esplendor; seus olhos me procurarão por toda a campina e não mais me encontrarão!

O peso dessas palavras caiu sobre o coração do infeliz, que se atirou aos pés de Lotte, completamente desesperado; tomou-lhe as mãos e as levou aos olhos e ao rosto. Por alguns segundos, Lotte pressentiu o terrível desígno que Werther concebera. Ficou transtornada. Apertou-lhe as mãos, e ele premiu as dela contra o peito. Em dado momento, inclinou-se sobre Werther, com uma emoção dolorosa, e as faces ardentes de ambos se tocaram. O mundo inteiro deixou de existir. Werther enlaçou-a com os braços, apertou-a contra o coração e cobriu de beijos furiosos seus lábios trêmulos e balbuciantes. "Werther!", exclamou ela com a voz abafada, tentando se soltar. "Werther!" E com uma das mãos, procurava, debilmente, afastá-lo. "Werther!", repetiu com um tom resoluto que exprimia seus sentimentos; e ele obedeceu, jogando-se a seus pés como um desvairado. Ela ergueu-se precipitadamente, presa de grande perturbação, hesitando entre o amor e a cólera. "É a última vez, Werther!", disse ela. "Você nunca mais me verá!" E lançando ao infeliz um olhar apaixonado, fugiu para o quarto vizinho e trancou-se por dentro. Werther estendeu-lhe os braços, sem ousar retê-la. Continuou no chão, com a cabeça sobre o canapé, por mais de meia hora, só tornando a si quando ouviu os passos da criada que vinha pôr a mesa. Andando nervosamente pela sala, ao se ver só, aproximou-se da porta do quarto e chamou em voz baixa: "Lotte! Lotte! Mais uma palavra: quero dizer-lhe adeus!" Ela não respondeu.

Werther esperou, suplicou, chamou ainda; por fim arrancou-se dali, gritando: "Adeus, Lotte! Adeus para sempre!"

Ao chegar às portas da cidade, os guardas, já acostumados a vê-lo sempre, deixaram-no passar sem nada dizer. Chovia e nevava. Somente às 11 horas ele bateu à porta da sua casa. Ao entrar, o criado notou que estava sem chapéu, mas não ousou fazer nenhum comentário, ajudando a tirar-lhe a roupa, que estava completamente molhada. Encontrou-se mais tarde o seu chapéu sobre um rochedo na encosta da colina que se destaca da montanha e avança sobre o vale. Pareceu inconcebível que ele tivesse, em uma noite escura e chuvosa como aquela, ter subido lá sem cair.

Werther deitou-se e dormiu por muito tempo. No dia seguinte, pela manhã, quando foi levar-lhe o café, o criado o encontrou escrevendo. Acrescentou, na carta endereçada a Lotte, o seguinte:

É a última vez, então, que abro os olhos. Ah, eles não verão mais o sol que se esconde agora nas nuvens de um céu sombrio... Ponha luto, Natureza, porque seu filho, seu amigo, seu amante aproxima-se do fim. Lotte, só as impressões confusas de um sonho são comparáveis, talvez, ao sentimento que se experimenta ao dizer: "Esta é a última manhã!" A última! Lotte! Última... não entendo esta palavra. Não estou aqui em todo o meu vigor? E amanhã, estarei estendido sobre a terra. Morrer! Que significa isto? Veja, é como se sonhássemos quando falamos da morte. Vi morrer muita gente, mas a humanidade não é capaz de conceber o começo e o fim da sua existência. Neste momento, ainda me pertenço! Pertenço-lhe, também, minha adorada. E, bastará um instante... estaremos separados, perdidos um para o outro... talvez, para sempre... Não, Lotte, não!... Como poderei deixar de ser? Como poderá você deixar de ser? Estamos vivos! Deixar de ser... que significa isto? Trata-se de uma palavra, um som oco de sentido, que não diz nada ao meu coração!... Estar morto, Lotte, embaixo da terra fria, num lugar tão estreito, tão escuro!... Tive uma amiga que foi tudo para a minha juventude sem amparo e consolo. Quando ela morreu, acompanhei o seu enterro, parei à beira da cova, vi descer o caixão, ouvi o ranger das cordas que se afrouxaram e foram retiradas bruscamente, ouvi a primeira pá de terra que caía sobre o lúgubre invólucro, fazendo um rumor surdo, cada vez mais surdo, sempre mais surdo, até cobri-lo inteiramente! Atirei-me ao chão, ao lado daquela sepultura, embargado, transtornado, o coração dilacerado; mas nada compreendia, não sabia de onde eu vinha, nem para onde ia. Mas aquilo também me estava reservado!... A morte!... o túmulo! Essas palavras, não as pude entender nunca!

Oh, perdoe-me, perdoe-me! Ontem!... Aquele deveria ter sido o último instante da minha vida! Anjo! Sim, pela primeira vez senti, com absoluta certeza, este pensamento delicioso abrasar o mais profundo do meu ser: "Ela me ama! Ela me ama!" Queima-me ainda os lábios o fogo sagrado que vinha em torrentes dos seus lábios; uma ardente delícia, jamais sentida, permanece ainda no meu coração. Perdoe-me, perdoe-me!

Ah! Eu sabia que você me amava! Soube desde os primeiros olhares em que transparecia a sua alma, desde os primeiros apertos de mão; e, no entanto, quando saía de junto de você, ou quando via Albert a seu lado, assolava-me sempre a febre da dúvida.

Lembra-se das flores que me mandou depois daquela reunião

enfadonha em que não pôde me dizer uma só palavra, nem mesmo apertar-me a mão? Fiquei ajoelhado diante delas quase a noite inteira, pois significaram para mim o selo do seu amor. Mas, pobre de mim, essas impressões passaram, como se apaga pouco a pouco, na alma do crente, o sentimento da graça do seu Deus, que lha concedeu por meio de sinais sagrados e visíveis, com toda a plenitude celestial.

Tudo isso é transitório, mas nenhuma eternidade extinguirá a vida ardente que aspirei ontem dos seus lábios e que ainda sinto queimar em mim. Ela me ama! Estes braços a enlaçaram, estes lábios tremeram contra os seus, esta boca balbuciou encostada à sua boca! Você é minha, Lotte; para todo o sempre!

Que me importa que Albert seja seu marido? Seu marido!... O casamento só vale para este mundo, e é só neste mundo que cometo um pecado, amando-a, desejando arrancá-la dos braços dele para estreitá-la nos meus! Um pecado! Que seja! Dele vou me punir. Saboreei esse pecado em toda a sua voluptuosidade celestial, meu coração sorveu nele a força e o bálsamo da vida. Desde aquele momento, você é minha, minha, Lotte! Parto antes. Vou ter com meu Pai, o seu Pai! Dir-lhe-ei as minhas penas e ele me consolará até a sua chegada. Então, correrei ao seu encontro, abraçar-te-ei, e ficaremos, em face do Eterno, unidos por um abraço eterno.

Não estou sonhando, nem delirando. Ao aproximar-me do túmulo, meus olhos vêem com mais clareza. Nós continuaremos! Nós nos tornaremos a ver! Verei sua mãe; sim, eu a verei, eu a encontrarei, abrirei meu coração para ela! Sua mãe! Aquela de quem você é a perfeita imagem!

Perto das 11 horas, Werther perguntou ao criado se Albert havia retornado, e o criado disse que sim, que vira alguém reconduzindo o seu cavalo. Então Werther entregou-lhe um bilhete aberto com as seguintes palavras: "Poderia emprestar-me as pistolas para uma viagem que pretendo fazer? Adeus e felicidades!"

Naquela noite, Lotte mal conseguira conciliar o sono. O que tanto havia receado acontecera, e de um modo que não pudera temer nem prever. Sua pulsação, ordinariamente tão suave, apresentava agora uma agitação febril; sentimentos aos milhares perturbavam aquele nobre coração. Seria o beijo de Werther que ela sentia arder em seu seio? Seria a indignação pela sua temeridade? Ou tal inquietação provinha do desassossego que experimentava ao comparar o presente com os dias de inocente tranqüilidade e de confiança em si? Como se apresentar ao marido, como contar-lhe aquela cena que podia revelar perfeitamente o que, no entanto, não ousava confessar a si própria? Há quanto tempo ambos guardavam silêncio sobre esse assunto! Deveria, então, rompê-lo, fazendo ao marido semelhante confidência em momento tão inoportuno? Se já receava que a simples notícia da visita de Werther causasse desagrado a Albert, que dirá então se lhe revelasse aquela inesperada catástrofe! Deveria esperar que Albert continuasse a ver as coisas pelo seu lado bom, não fazendo nenhum pré-julgamento? E era-lhe possível desejar que Albert lesse o que se passava em sua alma? Por outro lado, poderia dissimular diante do marido para o qual sua alma estivera sempre aberta e transparente como o cristal, e a quem jamais ocultara, nem quisera ocultar um só dos seus sentimentos? Todas estas reflexões a enchiam de inquietação e embaraço; e seus pensamentos voltavam sempre para Werther, que estava perdido para ela, que não podia abandonar... porém, infelizmente, se via forçada a abandoná-lo à própria sorte, mesmo sabendo que, ao fazê-lo, para ele nada mais restaria. O que agravava a situação ainda mais, era a frieza que se produzira nas relações entre Werther e Albert! Por causa de certas diferenças de sentimentos, esses dois homens tão cordatos e bons tinham-se trancado num silêncio recíproco; depois, cada qual só pensando nos seus direitos e nos erros do outro, a situação complicara-se, e de tal sorte se tornara tensa, que era já impossível, precisamente no momento crítico, quando tudo dependia disso, reaproximá-los. Se antes uma confiança mútua os tivesse unido, a indulgência e o afeto recíprocos nascessem em seu coração, permitindo que se abrissem um ao outro, nosso amigo talvez pudesse ser salvo.

Uma circunstância particular juntou-se às perplexidades de Lotte. Werther, nós o vemos por suas cartas, nunca fez mistério do seu propósito de deixar este mundo. Esse sombrio desígnio, que tantas vezes Albert contestou, foi também muitas vezes objeto das conversas de Lotte com o marido; e este, a quem semelhante ato inspirava decidida repulsa e uma irritação de ordinário estranha ao seu caráter, havia dado a entender que não tomava a sério tal resolução. Permitira-se mesmo fazer gracejos a tal respeito, chegando a fazer com que Lotte acabasse partilhando da sua incredulidade. Se de um lado, quando seus pensamentos lhe apresentavam tão sombria perspectiva, isso a tranqüilizava, de outro sentia-se inibida de confiar ao seu marido, naquele momento, as apreensões que a afligivam.

Quando Albert voltou, Lotte foi ao seu encontro com embaraço e inquietação. Ele chegara um tanto aborrecido por não haver concluído o seu negócio, pois achara o bailio, seu vizinho, um homem teimoso e mesquinho. Os caminhos péssimos haviam contribuído para aumentar-lhe o mau humor.

Albert perguntou se havia aparecido alguém, e Lotte respondeu com precipitação que Werther viera na véspera, à noite. Depois, perguntou se havia cartas para ele; ela respondeu que estavam no quarto algumas cartas e pacotes. Albert foi para lá, e ela ficou sozinha. Diante do homem que amava e estimava, recebia novas impressões; a certeza da generosidade, afeto e bondade do marido devolvera um pouco de calma ao seu coração. Sentiu um desejo secreto de ir ter com ele, pegou a costura e foi sentar-se ao seu lado, como sempre fazia. Encontrou-o ocupado em abrir e ler a correspondência, e algumas cartas pareciam conter notícias pouco agradáveis. Lotte perguntou-lhe algo; Albert respondeu sumariamente; e pôs-se a escrever.

Passaram assim uma hora juntos. A alma de Lotte se tornava cada vez mais sombria. Sentia como seria difícil contar ao marido, ainda que ele estivesse com a melhor das disposições, aquilo que pesava em seu coração, caindo numa tristeza tanto mais penosa quanto mais se esforçava por ocultá-la e engolir as lágrimas.

A chegada do criado de Werther causou-lhe perturbação extrema. O homem entregou o bilhete a Albert, que se voltou tranqüilamente para ela e disse: "Entregue-lhe as pistolas!" E acrescentou, dirigindo-se ao criado: "Diga-lhe que desejo uma boa viagem". Para Lotte foi como se um raio a tivesse atingido; ergueu-se cambaleando, sem saber direito o que sentia, dirigiu-se lentamente à parede, e com as mãos trêmulas retirou as pistolas, limpando a poeira. Hesitava, e teria demorado muito mais em entregar as pistolas ao criado se um olhar de espanto de Albert não a forçasse a se decidir. Entregou então as armas fatídicas sem poder proferir uma palavra; e assim que ele se retirou, Lotte pegou a costura e refugiou-se no quarto ao lado, tomada de inexplicável agitação.

O coração pressagiava-lhe terríveis acontecimentos. Ora pensava em ir jogar-se aos pés do marido e contar-lhe tudo, a cena da véspera, o seu deslize e seus pressentimentos; ora parecia-lhe que esse ato seria inútil, tanto mais quanto não conseguia convencer o marido a ir para a casa de Werther. Serviu-se o jantar. Uma boa amiga que viera pedir alguma coisa qualquer e iria embora logo acabou ficando, o que fez com que a conversação se tornasse suportável. Teve de conversar, ouvir e esquecer...

O criado levou as pistolas a Werther, que as pegou com arrebatamento quando soube que havia sido Lotte quem as entregara. Serviu-se de pão e vinho, disse ao criado que fosse jantar e pôs-se a escrever:

Elas passaram pelas suas mãos, você limpou-lhes o pó! Beijei-as mil vezes: você tocou-as. É você, anjo do céu, que favorece meu propósito! Você mesma, Lotte, fornece o instrumento que vai consumá-lo! Desejei receber a morte de suas mãos: é de você que a recebo hoje! Interroguei o meu criado, e ele contou-me que você tremia ao entregar-lhe as pistolas, e não me enviou um adeus!... Ai de mim, ai de mim, nem um adeus!... Ter-me-ia fechado o coração por causa do instante que me uniu a você para sempre? Lotte, nem milhares de anos seriam suficientes para apagar a impressão de tudo isso, e, sinto-o, você não poderia odiar aquele que arde por sua causa!

Depois do jantar, ele ordenou ao criado que acabasse de fazer as malas, rasgou muitos papéis e saiu para pagar algumas pequenas dívidas. Voltou à casa, saiu de novo, embora chovesse, e dirigiu-se ao jardim do conde; pôs-se a vagar pelo campo. Ao cair da noite, voltou para casa e escreveu:

Wilhelm, pela última vez vi os campos, os bosques e o céu. Adeus, a você também!... Querida mãe, perdoa-me! Console-a, Wilhelm! Que Deus abençoe você! Todos os meus negócios estão em ordem. Adeus! Nós nos tornaremos a ver, e mais felizes!

Retribuí mal a sua amizade, Albert, mas você me perdoará. Perturbei a paz do seu lar, lancei entre vocês a desconfiança. Adeus! Quero dar um ponto final a tudo isto. Oh! que a minha morte os possa fazer feliz! Albert, Albert, faça feliz o anjo que tem a seu lado! E que assim a graça de Deus caia sobre você!

Durante a noite, remexeu ainda por um longo tempo os seus papéis, muitos dos quais rasgou e lançou ao fogo. Fez alguns pacotes e endereçou-os a Wilhelm. Eram pequenos ensaios e pensamentos soltos; muitos desses trabalhos me foram mostrados. Depois das dez horas, tendo ordenado que lançassem mais lenha ao fogo, pediu uma garrafa de vinho e mandou que o criado fosse dormir, e o seu quarto, assim como os das outras pessoas da casa, era muito distante do de Werther. O criado deitou-se de roupa e tudo, para estar pronto na manhã seguinte bem cedo, pois o amo lhe tinha dito que a carruagem estaria na frente da casa antes das seis horas.

Depois das 11 horas.

Em torno de mim tudo está sereno, e minha alma está tranqüila! Obrigado, Deus, por me conceder em meus derradeiros instantes este calor e esta força!

Aproximo-me da janela, minha querida, e vejo ainda, através das nuvens tempestuosas, algumas estrelas esparsas no céu eterno. Não, não caiam! O Eterno traz vocês em seu seio, e a mim também! Vejo as estrelas da Ursa Maior, a mais querida das constelações. Quando ontem a deixei, quando saí de sua casa, eu vi diante de mim essa constelação. Com que inebriamento a tenho tantas vezes contemplado! Quantas vezes, erguendo as mãos ao céu, tomei-a como sinal, como monumento sagrado da felicidade que então desfrutava! E, no entanto, ainda... Lotte, que é que não me faz pensar em você? Você não está em tudo quanto me cerca? E não tenho eu, como uma criança, roubado mil ninharias que você tocou, santificando-as?

Querido retrato! Deixo-o a você, pedindo-lhe que o venere. Quando entrava ou quando saía imprimia nele milhares de beijos; mil vezes lhe disse adeus.

Escrevi um bilhete a seu pai, pedindo-lhe que cuide de meu corpo. No cemitério, bem ao fundo, no canto que dá para o campo, há duas tílias: é lá que desejo repousar. Ele poderá fazer isso, há de fazê-lo pelo seu amigo. Peça-lhe também! Não exigirei dos piedosos cristãos que deixem depositar seus corpos ao lado de um pobre infeliz! Ah, eu queria que me enterrassem à beira da estrada, ou no vale solitário, e que o sacrificador e o levita se benzessem ao passar pela pedra que marcaria o meu túmulo, e que o samaritano ali derramasse uma lágrima.

Veja, Lotte, que não tremo ao pegar a fria e terrível taça por onde quero beber a embriaguez da morte! É você quem me oferece, e eu não hesito um só momento. É assim que se consomem todos os desejos, todas as esperanças da minha vida, todas! Quero bater, frio e decidido, à porta de bronze da morte!

Ah, se eu tivesse alcançado a felicidade de morrer, de sacrificarme por você, Lotte! Morreria corajosamente, e com que alegria, se pudesse dar-lhe o repouso e a felicidade! Mas, ah, a muito poucas e nobres criaturas foi concedido derramar o sangue pelos seus e, com a morte, tornar maior e mais plena a vida daqueles a quem amavam!

É com esta roupa, Lotte, que quero ser enterrado; você a tocou, você a santificou; também pedi esse favor a seu pai. Minha alma pairará sobre o esquife. Que ninguém remexa em meus bolsos. O laço cor-de-rosa que você trazia no corpete quando a vi pela primeira vez em meio das suas crianças... Oh! beije-as mil vezes por mim e conte-lhes a história de seu infeliz amigo! Queridas crianças! Sempre correndo, alvoroçadas em torno de mim! Ah, desde o primeiro momento em que a vi fiquei preso a você... Este laço irá comigo para o túmulo; ganhei-o de você no dia do meu aniversário. Com que sofreguidão o recebi! Não pensava que tudo me havia de conduzir até aqui!... Calma, peço-lhe, calma!

Elas estão carregadas... está batendo meia-noite! Assim seja, então!... Lotte, Lotte! Adeus, adeus!

Um vizinho viu o clarão da pólvora e ouviu o estampido, mas, como tudo voltou ao completo silêncio, não se preocupou com aquilo.

Às seis horas da manhã, ao entrar com uma lâmpada, o criado encontrou o amo estendido no solo. Vendo as pistolas e o sangue, chamou-o, sacudindo-o. Nenhuma resposta. Werther agonizava. Correu ao médico, foi à casa de Albert. Lotte ouviu bater e sentiu um arrepio por todo o corpo. Despertou o marido, e ambos saltaram da cama. O criado, soluçando e gaguejando, deu-lhes a notícia. Lotte caiu sem sentidos aos pés de Albert.

Quando o médico chegou, o infeliz estava no chão. Não havia salvação para ele; embora o pulso ainda batesse, todos os membros estavam paralisados. Havia atirado na cabeça, acima do olho direito, e os miolos saltaram para fora. Mesmo assim, fez-lhe uma sangria no braço; o sangue correu, e ele continuou a respirar.

A mancha de sangue que se via no espaldar da poltrona indicou que Werther estava sentado à sua escrivaninha quando disparou a arma; que em seguida tombara e, debatendo-se na convulsão, rolara ao lado da cadeira. Estava estendido de costas, perto da janela, e não teve mais forças para fazer qualquer movimento. Estava completamente vestido e calçado, de fraque azul e um colete amarelo.

Primeiro a casa, depois a vizinhança, por último a cidade inteira foi sacudida pela emoção. Albert chegou. Tinham posto

Werther sobre a cama, com o rosto amarrado por um lenço. A sua fisionomia era já a de um morto. Não se mexia mais. Os pulmões ainda arfavam de um modo terrível, ora debilmente, ora com mais força. Esperava-se o último suspiro. Do vinho que pedira, bebera apenas um copo. O drama de Emilia Galotti *estava aberto sobre a escrivaninha.*

Dispensem-me de descrever a consternação de Albert e o desespero de Lotte.

O velho bailio acorreu logo que recebeu a notícia, e beijou o moribundo, derramando lágrimas ardentes. Seus dois filhos chegaram a pé, logo depois do pai, e, abandonando-se à mais profunda dor, prostaram-se junto ao leito, beijando as mãos e a boca de Werther. O mais velho, pelo qual Werther sempre demonstrara particular estima, permaneceu preso aos lábios de Werther até que este expirasse, tendo sido preciso arrancá-lo dali à força. Morreu ao meio-dia. A presença do bailio e as providências por ele tomadas evitaram que a multidão se aglomerasse diante da casa. Às 11 horas da noite, o bailio mandou enterrá-lo no lugar que o infeliz havia escolhido. O velho e os filhos acompanharam o cortejo. Albert não se sentiu capaz de fazê-lo. Temia-se pela vida de Lotte. O corpo foi conduzido por trabalhadores. Nenhum padre o acompanhou.

Sumário

Primeira parte

Segunda parte

O Objetivo, a filosofia e a missão da Editora Martin Claret

O principal objetivo da Martin Claret é contribuir para a difusão da educação e da cultura, por meio da democratização do livro, usando canais de comercialização habituais, além de criar novos.

A filosofia de trabalho da Martin Claret consiste em produzir livros de qualidade a um preço acessível, para que possam ser apreciados pelo maior número possível de leitores.

A missão da Martin Claret é conscientizar e motivar as pessoas a desenvolver e utilizar o seu pleno potencial espiritual, mental, emocional e social.

O livro muda as pessoas. Revolucione-se: leia mais para ser mais!

MARTIN CLARET

Relação dos Volumes Publicados

1. **Dom Casmurro** *Machado de Assis*
2. **O Príncipe** *Maquiavel*
3. **Mensagem** *Fernando Pessoa*
4. **O Lobo do Mar** *Jack London*
5. **A Arte da Prudência** *Baltasar Gracián*
6. **Iracema / Cinco Minutos** *José de Alencar*
7. **Inocência** *Visconde de Taunay*
8. **A Mulher de 30 Anos** *Honoré de Balzac*
9. **A Moreninha** *Joaquim Manuel de Macedo*
10. **A Escrava Isaura** *Bernardo Guimarães*
11. **As Viagens - "Il Milione"** *Marco Polo*
12. **O Retrato de Dorian Gray** *Oscar Wilde*
13. **A Volta ao Mundo em 80 Dias** *Júlio Verne*
14. **A Carne** *Júlio Ribeiro*
15. **Amor de Perdição** *Camilo Castelo Branco*
16. **Sonetos** *Luís de Camões*
17. **O Guarani** *José de Alencar*
18. **Memórias Póstumas de Brás Cubas** *Machado de Assis*
19. **Lira dos Vinte Anos** *Álvares de Azevedo*
20. **Apologia de Sócrates / Banquete** *Platão*
21. **A Metamorfose/Um Artista da Fome/Carta a Meu Pai** *Franz Kafka*
22. **Assim Falou Zaratustra** *Friedrich Nietzsche*
23. **Triste Fim de Policarpo Quaresma** *Lima Barreto*
24. **A Ilustre Casa de Ramires** *Eça de Queirós*
25. **Memórias de um Sargento de Milícias** *Manuel Antônio de Almeida*
26. **Robinson Crusoé** *Daniel Defoe*
27. **Espumas Flutuantes** *Castro Alves*
28. **O Ateneu** *Raul Pompéia*
29. **O Noviço / O Juiz de Paz da Roça / Quem Casa Quer Casa** *Martins Pena*
30. **A Relíquia** *Eça de Queirós*
31. **O Jogador** *Dostoiévski*
32. **Histórias Extraordinárias** *Edgar Allan Poe*
33. **Os Lusíadas** *Luís de Camões*
34. **As Aventuras de Tom Sawyer** *Mark Twain*
35. **Bola de Sebo e Outros Contos** *Guy de Maupassant*
36. **A República** *Platão*
37. **Elogio da Loucura** *Erasmo de Rotterdam*
38. **Caninos Brancos** *Jack London*
39. **Hamlet** *William Shakespeare*
40. **A Utopia** *Thomas More*
41. **O Processo** *Franz Kafka*
42. **O Médico e o Monstro** *Robert Louis Stevenson*
43. **Ecce Homo** *Friedrich Nietzsche*
44. **O Manifesto do Partido Comunista** *Marx e Engels*
45. **Discurso do Método / Meditações** *René Descartes*
46. **Do Contrato Social** *Jean-Jacques Rousseau*
47. **A Luta pelo Direito** *Rudolf von Ihering*
48. **Dos Delitos e das Penas** *Cesare Beccaria*
49. **A Ética Protestante e o Espírito do Capitalismo** *Max Weber*
50. **O Anticristo** *Friedrich Nietzsche*
51. **Os Sofrimentos do Jovem Werther** *Goethe*
52. **As Flores do Mal** *Charles Baudelaire*
53. **Ética a Nicômaco** *Aristóteles*
54. **A Arte da Guerra** *Sun Tzu*
55. **Imitação de Cristo** *Tomás de Kempis*
56. **Cândido ou o Otimismo** *Voltaire*
57. **Rei Lear** *William Shakespeare*
58. **Frankenstein** *Mary Shelley*
59. **Quincas Borba** *Machado de Assis*
60. **Fedro** *Platão*
61. **Política** *Aristóteles*
62. **A Viuvinha / Encarnação** *José de Alencar*
63. **As Regras do Método Sociológico** *Émile Durkheim*
64. **O Cão dos Baskervilles** *Sir Arthur Conan Doyle*
65. **Contos Escolhidos** *Machado de Assis*
66. **Da Morte / Metafísica do Amor / Do Sofrimento do Mundo** *Arthur Schopenhauer*
67. **As Minas do Rei Salomão** *Henry Rider Haggard*
68. **Manuscritos Econômico-Filosóficos** *Karl Marx*
69. **Um Estudo em Vermelho** *Sir Arthur Conan Doyle*
70. **Meditações** *Marco Aurélio*
71. **A Vida das Abelhas** *Maurice Materlinck*
72. **O Cortiço** *Aluísio Azevedo*
73. **Senhora** *José de Alencar*
74. **Brás, Bexiga e Barra Funda / Laranja da China** *Antônio de Alcântara Machado*
75. **Eugênia Grandet** *Honoré de Balzac*
76. **Contos Gauchescos** *João Simões Lopes Neto*
77. **Esaú e Jacó** *Machado de Assis*
78. **O Desespero Humano** *Sören Kierkegaard*
79. **Dos Deveres** *Cícero*
80. **Ciência e Política** *Max Weber*
81. **Satíricon** *Petrônio*
82. **Eu e Outras Poesias** *Augusto dos Anjos*
83. **Farsa de Inês Pereira / Auto da Barca do Inferno / Auto da Alma** *Gil Vicente*
84. **A Desobediência Civil e Outros Escritos** *Henry David Toreau*
85. **Para Além do Bem e do Mal** *Friedrich Nietzsche*
86. **A Ilha do Tesouro** *R. Louis Stevenson*
87. **Marília de Dirceu** *Tomás A. Gonzaga*
88. **As Aventuras de Pinóquio** *Carlo Collodi*
89. **Segundo Tratado Sobre o Governo** *John Locke*
90. **Amor de Salvação** *Camilo Castelo Branco*
91. **Broquéis/Faróis/Últimos Sonetos** *Cruz e Souza*
92. **I-Juca-Pirama / Os Timbiras / Outros Poemas** *Gonçalves Dias*
93. **Romeu e Julieta** *William Shakespeare*
94. **A Capital Federal** *Arthur Azevedo*
95. **Diário de um Sedutor** *Sören Kierkegaard*
96. **Carta de Pero Vaz de Caminha a El-Rei Sobre o Achamento do Brasil**
97. **Casa de Pensão** *Aluísio Azevedo*
98. **Macbeth** *William Shakespeare*

99. **Édipo Rei/Antígona**
Sófocles

100. **Lucíola**
José de Alencar

101. **As Aventuras de Sherlock Holmes**
Sir Arthur Conan Doyle

102. **Bom-Crioulo**
Adolfo Caminha

103. **Helena**
Machado de Assis

104. **Poemas Satíricos**
Gregório de Matos

105. **Escritos Políticos / A Arte da Guerra**
Maquiavel

106. **Ubirajara**
José de Alencar

107. **Diva**
José de Alencar

108. **Eurico, o Presbítero**
Alexandre Herculano

109. **Os Melhores Contos**
Lima Barreto

110. **A Luneta Mágica**
Joaquim Manuel de Macedo

111. **Fundamentação da Metafísica dos Costumes e Outros Escritos**
Immanuel Kant

112. **O Príncipe e o Mendigo**
Mark Twain

113. **O Domínio de Si Mesmo pela Auto-Sugestão Consciente**
Émile Coué

114. **O Mulato**
Aluísio Azevedo

115. **Sonetos**
Florbela Espanca

116. **Uma Estadia no Inferno / Poemas / Carta do Vidente**
Arthur Rimbaud

117. **Várias Histórias**
Machado de Assis

118. **Fédon**
Platão

119. **Poesias**
Olavo Bilac

120. **A Conduta para a Vida**
Ralph Waldo Emerson

121. **O Livro Vermelho**
Mao Tsé-Tung

122. **Oração aos Moços**
Rui Barbosa

123. **Otelo, o Mouro de Veneza**
William Shakespeare

124. **Ensaios**
Ralph Waldo Emerson

125. **De Profundis / Balada do Cárcere de Reading**
Oscar Wilde

126. **Crítica da Razão Prática**
Immanuel Kant

127. **A Arte de Amar**
Ovídio Naso

128. **O Tartufo ou O Impostor**
Molière

129. **Metamorfoses**
Ovídio Naso

130. **A Gaia Ciência**
Friedrich Nietzsche

131. **O Doente Imaginário**
Molière

132. **Uma Lágrima de Mulher**
Aluísio Azevedo

133. **O Último Adeus de Sherlock Holmes**
Sir Arthur Conan Doyle

134. **Canudos - Diário de uma Expedição**
Euclides da Cunha

135. **A Doutrina de Buda**
Siddharta Gautama

136. **Tao Te Ching**
Lao-Tsé

137. **Da Monarquia / Vida Nova**
Dante Alighieri

138. **A Brasileira de Prazins**
Camilo Castelo Branco

139. **O Velho da Horta/Quem Tem Farelos?/Auto da Índia**
Gil Vicente

140. **O Seminarista**
Bernardo Guimarães

141. **O Alienista / Casa Velha**
Machado de Assis

142. **Sonetos**
Manuel du Bocage

143. **O Mandarim**
Eça de Queirós

144. **Noite na Taverna / Macário**
Álvares de Azevedo

145. **Viagens na Minha Terra**
Almeida Garrett

146. **Sermões Escolhidos**
Padre Antonio Vieira

147. **Os Escravos**
Castro Alves

148. **O Demônio Familiar**
José de Alencar

149. **A Mandrágora / Belfagor, o Arquidiabo**
Maquiavel

150. **O Homem**
Aluísio Azevedo

151. **Arte Poética**
Aristóteles

152. **A Megera Domada**
William Shakespeare

153. **Alceste/Electra/Hipólito**
Eurípedes

154. **O Sermão da Montanha**
Huberto Rohden

155. **O Cabeleira**
Franklin Távora

156. **Rubáiyát**
Omar Khayyám

157. **Luzia-Homem**
Domingos Olímpio

158. **A Cidade e as Serras**
Eça de Queirós

159. **A Retirada da Laguna**
Visconde de Taunay

160. **A Viagem ao Centro da Terra**
Júlio Verne

161. **Caramuru**
Frei Santa Rita Durão

162. **Clara dos Anjos**
Lima Barreto

163. **Memorial de Aires**
Machado de Assis

164. **Bhagavad Gita**
Krishna

165. **O Profeta**
Khalil Gibran

166. **Aforismos**
Hipócrates

167. **Kama Sutra**
Vatsyayana

168. **O Livro da Jângal**
Rudyard Kipling

169. **De Alma para Alma**
Huberto Rohden

170. **Orações**
Cícero

171. **Sabedoria das Parábolas**
Huberto Rohden

172. **Salomé**
Oscar Wilde

173. **Do Cidadão**
Thomas Hobbes

174. **Porque Sofremos**
Huberto Rohden

175. **Einstein: o Enigma do Universo**
Huberto Rohden

176. **A Mensagem Viva do Cristo**
Huberto Rohden

177. **Mahatma Gandhi**
Huberto Rohden

178. **A Cidade do Sol**
Tommaso Campanella

179. **Setas para o Infinito**
Huberto Rohden

180. **A Voz do Silêncio**
Helena Blavatsky

181. **Frei Luís de Sousa**
Almeida Garrett

182. **Fábulas**
Esopo

183. **Cântico de Natal/ Os Carrilhões**
Charles Dickens

184. **Contos**
Eça de Queirós

185. **O Pai Goriot**
Honoré de Balzac

186. **Noites Brancas e Outras Histórias**
Dostoiévski

187. **Minha Formação**
Joaquim Nabuco

188. **Pragmatismo**
William James

189. **Discursos Forenses**
Enrico Ferri

190. **Medéia**
Eurípedes

191. **Discursos de Acusação**
Enrico Ferri

192. **A Ideologia Alemã**
Marx & Engels

193. **Prometeu Acorrentado**
Ésquilo

194. **Iaiá Garcia**
Machado de Assis

195. **Discursos no Instituto dos Advogados Brasileiros / Discurso no Colégio Anchieta**
Rui Barbosa

196. **Édipo em Colono**
Sófocles

197. **A Arte de Curar pelo Espírito**
Joel S. Goldsmith

198. **Jesus, o Filho do Homem**
Khalil Gibran

199. **Discurso sobre a Origem e os Fundamentos da Desigualdade entre os Homens**
Jean-Jacques Rousseau

200. **Fábulas**
La Fontaine

201. **O Sonho de uma Noite de Verão**
William Shakespeare

202. **Maquiavel, o Poder**
José Nivaldo Junior

203. **Ressurreição**
Machado de Assis

204. **O Caminho da Felicidade**
Huberto Rohden

205. **A Velhice do Padre Eterno**
Guerra Junqueiro

206. **O Sertanejo**
José de Alencar

207. **Gitanjali**
Rabindranath Tagore

208. **Senso Comum**
Thomas Paine

209. **Canaã**
Graça Aranha

210. **O Caminho Infinito**
Joel S. Goldsmith

211. **Pensamentos**
Epicuro

212. **A Letra Escarlate**
Nathaniel Hawthorne

213. **Autobiografia**
Benjamin Franklin

214. **Memórias de Sherlock Holmes**
Sir Arthur Conan Doyle

215. **O Dever do Advogado / Posse de Direitos Pessoais**
Rui Barbosa

216. **O Tronco do Ipê**
José de Alencar

217. **O Amante de Lady Chatterley**
D. H. Lawrence

218. **Contos Amazônicos**
Inglês de Souza

219. **A Tempestade**
William Shakespeare

220. **Ondas**
Euclides da Cunha

221. **Educação do Homem Integral**
Huberto Rohden

222. **Novos Rumos para a Educação**
Huberto Rohden

223. **Mulherzinhas**
Louise May Alcott

224. **A Mão e a Luva**
Machado de Assis

225. **A Morte de Ivan Ilicht / Senhores e Servos**
Leon Tolstói

226. **Álcoois e Outros Poemas**
Apollinaire

227. **Pais e Filhos**
Ivan Turguêniev

228. **Alice no País das Maravilhas**
Lewis Carroll

229. **À Margem da História**
Euclides da Cunha

230. **Viagem ao Brasil**
Hans Staden

231. **O Quinto Evangelho**
Tomé

232. **Lorde Jim**
Joseph Conrad

233. **Cartas Chilenas**
Tomás Antônio Gonzaga

234. **Odes Modernas**
Anntero de Quental

235. **Do Cativeiro Babilônico da Igreja**
Martinho Lutero

236. **O Coração das Trevas**
Joseph Conrad

237. **Thais**
Anatole France

238. **Andrômaca / Fedra**
Racine

239. **As Catilinárias**
Cícero

240. **Recordações da Casa dos Mortos**
Dostoiévski

241. **O Mercador de Veneza**
William Shakespeare

242. **A Filha do Capitão / A Dama de Espadas**
Aleksandr Púchkin

243. **Orgulho e Preconceito**
Jane Austen

244. **A Volta do Parafuso**
Henry James

245. **O Gaúcho**
José de Alencar

246. **Tristão e Isolda**
Lenda Medieval Celta de Amor

247. **Poemas Completos de Alberto Caeiro**
Fernando Pessoa

248. **Maiakósvski**
Vida e Poesia

249. **Sonetos**
William Shakespeare

250. **Poesia de Ricardo Reis**
Fernando Pessoa

251. **Papéis Avulsos**
Machado de Assis

252. **Contos Fluminenses**
Machado de Assis

253. **O Bobo**
Alexandre Herculano

254. **A Oração da Coroa**
Demóstenes

255. **O Castelo**
Franz Kafka

256. **O Trovejar do Silêncio**
Joel S. Goldsmith

257. **Alice na Casa dos Espelhos**
Lewis Carrol

258. **Miséria da Filosofia**
Karl Marx

259. **Júlio César**
William Shakespeare

260. **Antônio e Cleópatra**
William Shakespeare

261. **Filosofia da Arte**
Huberto Rohden

262. **A Alma Encantadora das Ruas**
João do Rio

263. **A Normalista**
Adolfo Caminha

264. **Pollyanna**
Eleanor H. Porter

265. **As Pupilas do Senhor Reitor**
Júlio Diniz

266. **As Primaveras**
Casimiro de Abreu

267. **Fundamentos do Direito**
Léon Duguit

268. **Discursos de Metafísica**
G. W. Leibniz

269. **Sociologia e Filosofia**
Émile Durkheim

270. **Cancioneiro**
Fernando Pessoa

271. **A Dama das Camélias**
Alexandre Dumas (filho)

272. **O Divórcio / As Bases da Fé / e outros textos**
Rui Barbosa

273. **Pollyanna Moça**
Eleanor H. Porter

274. **O 18 Brumário de Luís Bonaparte**
Karl Marx

275. **Teatro de Machado de Assis**
Antologia

276. **Cartas Persas**
Montesquieu

277. **Em Comunhão com Deus**
Huberto Rohden

278. **Razão e Sensibilidade**
Jane Austen

279. **Crônicas Selecionadas**
Machado de Assis

280. **Histórias da Meia-Noite**
Machado de Assis

281. **Cyrano de Bergerac**
Edmond Rostand

282. **O Maravilhoso Mágico de Oz**
L. Frank Baum

283. **Trocando Olhares**
Florbela Espanca

284. **O Pensamento Filosófico da Antiguidade**
Huberto Rohden

285. **Filosofia Contemporânea**
Huberto Rohden

286. **O Espírito da Filosofia Oriental**
Huberto Rohden

287. **A Pele do Lobo / O Badejo / o Dote**
Artur Azevedo

288. **Os Bruzundangas**
Lima Barreto

289. **A Pata da Gazela**
José de Alencar

290. **O Vale do Terror**
Sir Arthur Conan Doyle

291. **O Signo dos Quatro**
Sir Arthur Conan Doyle

292. **As Máscaras do Destino**
Florbela Espanca

293. **A Confissão de Lúcio**
Mário de Sá-Carneiro

294. **Falenas**
Machado de Assis

295. **O Uraguai / A Declamação Trágica**
Basílio da Gama

296. **Crisálidas**
Machado de Assis

297. **Americanas**
Machado de Assis

298. **A Carteira de Meu Tio**
Joaquim Manuel de Macedo

299. **Catecismo da Filosofia**
Huberto Rohden

301. **Rumo à Consciência Cósmica**
Huberto Rohden

302. **Cosmoterapia**
Huberto Rohden

303. **Bodas de Sangue**
Federico García Lorca

304. **Discurso da Servidão Voluntária**
Étienne de la Boétie

305. **Categorias**
Aristóteles

306. **Manon Lescaut**
Abade Prévost

307. **Teogonia / Trabalhos e Dias**
Hesíodo

308. **As Vítimas Algozes**
Joaquim Manuel de Macedo

309. **Persuasão**
Jane Austen

Série Ouro
(Livros com mais de 400 p.)

1. **Leviatã**
Thomas Hobbes

2. **A Cidade Antiga**
Fustel de Coulanges

3. **Crítica da Razão Pura**
Immanuel Kant

4. **Confissões**
Santo Agostinho

5. **Os Sertões**
Euclides da Cunha

6. **Dicionário Filosófico**
Voltaire

7. **A Divina Comédia**
Dante Alighieri

8. **Ética Demonstrada à Maneira dos Geômetras**
Baruch de Spinoza

9. **Do Espírito das Leis**
Montesquieu

10. **O Primo Basílio**
Eça de Queirós

11. **O Crime do Padre Amaro**
Eça de Queirós

12. **Crime e Castigo**
Dostoiévski

13. **Fausto**
Goethe

14. **O Suicídio**
Émile Durkheim

15. **Odisséia**
Homero

16. **Paraíso Perdido**
John Milton

17. **Drácula**
Bram Stocker

18. **Ilíada**
Homero

19. **As Aventuras de Huckleberry Finn**
Mark Twain

20. **Paulo – O 13º Apóstolo**
Ernest Renan

21. **Eneida**
Virgílio

22. **Pensamentos**
Blaise Pascal

23. **A Origem das Espécies**
Charles Darwin

24. **Vida de Jesus**
Ernest Renan

25. **Moby Dick**
Herman Melville

26. **Os Irmãos Karamazovi**
Dostoiévski

27. **O Morro dos Ventos Uivantes**
Emily Brontë

28. **Vinte Mil Léguas Submarinas**
Júlio Verne

29. **Madame Bovary**
Gustave Flaubert

30. **O Vermelho e o Negro**
Stendhal

31. **Os Trabalhadores do Mar**
Victor Hugo

32. **A Vida dos Doze Césares**
Suetônio

34. **O Idiota**
Dostoiévski

35. **Paulo de Tarso**
Huberto Rohden

36. **O Peregrino**
John Bunyan

37. **As Profecias**
Nostradamus

38. **Novo Testamento**
Huberto Rohden

39. **O Corcunda de Notre Dame**
Victor Hugo

40. **Arte de Furtar**
Anônimo do século XVII

41. **Germinal**
Émile Zola

42. **Folhas de Relva**
Walt Whitman

43. **Ben-Hur — Uma História dos Tempos de Cristo**
Lew Wallace

44. **Os Maias**
Eça de Queirós

45. **O Livro da Mitologia**
Thomas Bulfinch

46. **Os Três Mosqueteiros**
Alexandre Dumas

47. **Poesia de Álvaro de Campos**
Fernando Pessoa

48. **Jesus Nazareno**
Huberto Rohden

49. **Grandes Esperanças**
Charles Dickens

50. **A Educação Sentimental**
Gustave Flaubert

51. **O Conde de Monte Cristo (Volume I)**
Alexandre Dumas

52. **O Conde de Monte Cristo (Volume II)**
Alexandre Dumas

53. **Os Miseráveis (Volume I)**
Victor Hugo

54. **Os Miseráveis (Volume II)**
Victor Hugo

55. **Dom Quixote de La Mancha (Volume I)**
Miguel de Cervantes

56. **Dom Quixote de La Mancha (Volume II)**
Miguel de Cervantes

58. **Contos Escolhidos**
Artur Azevedo

59. **As Aventuras de Robin Hood**
Howard Pyle